LA CRÓNICA DE LONGAR

ExLibric

AGUSTÍN ANTELO POVES

LA CRÓNICA DE LONGAR

EXLIBRIC

ANTEQUERA 2025

LA CRÓNICA DE LONGAR
© Agustín Antelo Poves
Diseño de portada: Dpto. de Diseño Gráfico Exlibric

Iª edición

© ExLibric, 2025.

Editado por: ExLibric
c/ Cueva de Viera, 2, Local 3
Centro Negocios CADI
29200 Antequera (Málaga)
Teléfono: 952 70 60 04
Fax: 952 84 55 03
Correo electrónico: exlibric@exlibric.com
Internet: www.exlibric.com

ISBN: 979-13-87944-54-4
Depósito Legal: MA 1430-2025

Impresión: PODiPrint
Impreso en Andalucía – España

Nota de la editorial: ExLibric pertenece a Innovación y Cualificación S. L.

AGUSTÍN ANTELO POVES

LA CRÓNICA DE LONGAR

A mi familia, siempre sosteniéndome,
y a mis amigos, que nunca dejan
de luchar a mi lado.

La Longareya

No ocuparon nunca amplios territorios, ni jamás impusieron su ley a las gentes con las que se encontraron en el transcurso de su larga historia. Hasta donde alcanza su memoria, fueron siempre un pueblo de pastores, unidos en una armonía casi fantasiosa a sus montañas. Estas les protegieron a ellos y a su descendencia durante interminables milenios, y si no hubiera sido por las numerosas invasiones y la posterior marginación a la que fueron sometidos, habrían continuado descendiendo de ellas, entablando buenas relaciones con los pueblos que se encontraban, tal y como solían hacer en tiempos anteriores.

Siempre fueron amantes de lo desconocido y curiosos con los extraños. No nació en ninguno de ellos rechazo hacia las costumbres que no compartían. Entendían el mundo como una de sus pequeñas chozas familiares, a las que llamaban «jarilchei», bajo cuyo techo convivían diferentes individuos de una misma familia, cada uno con sus manías y comportamientos, pero todos ellos unidos por lazos irrompibles, hermanados para siempre como humanos y condenados a entenderse. En cuanto a su apariencia, jamás vi seres más curiosos. Vestían una túnica larga, similar a la de los pueblos vecinos, atada con un sólido cinturón hecho de esparto y trenzado en cinco ramales. Tanto hombres como mujeres llevaban los cabellos largos, dejando que crecieran hasta los hombros; solo entonces cortaban las puntas a esa altura. El color de su pelo era similar al del trigo maduro en la mayoría de ellos, pareciendo entrever que provenían de un clima mucho más frío y lejano, pero que, tras incontables siglos en los calurosos montes que habitaban, habían adquirido cierta oscuridad en él. No obstante, lo que más captó nuestra atención fueron sus resplandecientes ojos. No observamos nunca brillo semejante en otros seres, y es cierto que, al menos en un principio, nos causó cierta inquietud, pues bien parecía que hechizaban a los que miraban, sensación que se incrementaba debido a la costumbre que tiene este pueblo de no apartar la vista de aquel con el que mantiene una conversación, penetrando sus pupilas en lo más hondo de nuestras sensaciones. Era como si, al haberlos creado, los dioses hubieran trazado finas líneas rectas en sus iris, que avanzaban hasta alcanzar la negra pupila. Eran precisamente esos delgados trazos los que resplandecían cuando se mostraban a la luz del sol y los que dejaban maravillados a los que se encontraban con ellos. Este peculiar rasgo, unido a su sincera hospitalidad y curiosidad por saber de otros humanos, colmando de muestras de cuidado y afecto a los viajeros, fue lo que llevó a los antiguos a afirmar que «en los jairos brillan sus ojos tanto como su corazón».

De esta manera describió el historiador Múlor el primer contacto del que tenemos constancia, hace ya

780 años del día de hoy, en el año 1 después de la Longareya (la ruina de Longar), la gran migración que obligó a nuestros abuelos a huir de esta isla tras ser devorada por el mar, quedando de tal manera cubierta por el agua que hemos sido incapaces de volver a vislumbrar su posición. Siempre fue un sueño para los más pequeños de nosotros embarcar en nuestros rojos navíos enlucidos, desplegar sus blancas velas y dejar que la brisa soplara sobre ellas, haciéndolas avanzar por el océano hasta que, de forma mágica, chocaran sus cascos contra las sumergidas torres de nuestros antiguos templos y, tras esto, lanzarnos al fondo del mar para contemplar las ciudades y aldeas que nuestros ancestros construyeron, rescatando quizás alguna curiosa y valiosa reliquia.

Los primeros longarenos que arribaron a las costas de Bardia, nuestra península, viajaron durante cinco días a través del océano, sin un destino decidido, desembarcando una fría noche en las orillas de una tranquila playa en la que tan solo se escuchaba el lento oleaje sobre la arena. Nuestro pueblo decidió entonces, prácticamente de forma unánime, asentarse en las elevaciones cercanas, construyendo las primeras cabañas con los restos de los barcos. Nadie sabe con exactitud cuántos de los nuestros lograron llegar con vida a estas costas, pero la *Crónica de Longar* habla de unos diez mil, entre hombres, mujeres y niños, habiendo perecido tanto en el hundimiento de la isla como en la travesía hacia Bardia un número semejante.

Fue a los pocos días de habernos establecido en las colinas cercanas al mar cuando vimos por vez primera a los jairos. Estos habían tenido noticias de nuestra llegada desde esa misma noche; no obstante, esperaron un tiempo prudencial hasta asegurarse de que no suponíamos una amenaza. Todo lo contrario, pronto entendieron que se encontraban ante los restos de un pueblo desamparado y sin rumbo, cuyos rostros reflejaban la melancolía por la tierra perdida y el duelo por los muertos. Fueron estos y no otros los que se acercaron a nosotros, nos ofrecieron alimento y herramientas para comenzar una nueva etapa en nuestra historia, disipando cualquier tipo de duda sobre si Bardia sería nuestra nueva morada.

Múlor, antiguo escriba del rey en Longar, mostró una gran admiración por los jairos y comenzó a recopilar todo lo que captaba su atención sobre ellos. Designado como regente hasta la elección de otro *Loney*, literalmente «aquel que rige Longar», se ocupó de formar una embajada para acudir a sus asentamientos en busca de lo necesario. Supimos desde el primer momento que este enigmático pueblo, del cual tan solo conocíamos breves relatos de antiguos viajeros, se convertiría en un amigo inseparable, pues los longarenos no acostumbraron nunca a olvidar el trato recibido, lo que nos valió tanto para conservar aliados durante siglos como para mantener guerras interminables.

De esta manera, nuestro querido Múlor pasó varias semanas conviviendo con nuestros nuevos vecinos, mientras enviaba a varios hombres a transportar útiles y provisiones de vuelta a nuestra joven ciudad, que recibió el nombre de Leirenguil, «la salvada por amigos».

Todo lo que el regente documentó en ese tiempo se añadió posteriormente a la *Crónica de Longar*, y tras ser leído entre los longarenos cuando regresó, quedaron todos fascinados por las costumbres que practicaban estas gentes, lo que sin duda facilitó el conocimiento de esa otredad que nos había prestado su ayuda desinteresadamente. Tras las primeras impresiones, que básicamente describían elementos superficiales como los rasgos físicos y las vestimentas, pasó a relatar la forma de organizarse, sus creencias, su historia y sus sueños. Estos, hemos de decir, han variado muy poco en los casi ocho siglos que hemos coexistido con ellos en Bardia.

Los jairos, tanto ahora como antaño, se dividían en siete poblados, bastante alejados unos de otros y diseminados por las imponentes montañas del interior peninsular. Cada uno de ellos tenía una forma única de hablar su lengua, reconociéndose mutuamente por su entonación y palabras propias, pero todos eran capaces de entenderse sin dificultad.

Estas aldeas eran de muy difícil acceso y se encontraban en puntos elevados, camufladas entre los bosques, siendo imposible distinguirlas para los extraños. Esta unión con la naturaleza era buscada tanto para facilitar la defensa de sus tierras como para cumplir con su espiritualidad.

Según sus creencias, la vida entera se originó en un estanque llamado Chendi, en cuyo interior vivían seres distintos pero unidos eternamente por convivir en las mismas aguas. Uno de ellos, queriendo asegurarse un pequeño lago para sí mismo, salió a la superficie y comenzó a retirar agua del Chendi en un agujero cercano hasta llenarlo. No obstante, cuando el caluroso verano llegó, el estanque no contaba con el nivel de agua habitual y cerca estuvo de secarse, lo que hubiera provocado la muerte de todos cuantos allí vivían. Por ello, el responsable pidió perdón y juró jamás volver a perturbar el equilibrio natural. De esta manera, nunca se extraía nada de la naturaleza a no ser que fuera necesario.

Su filosofía se basaba en este tipo de mitos, por lo que comprendían la vida con los demás como una necesidad constante de entenderse mutuamente. En cada persona, jaira o no, veían a un otro con el que habrían de convivir, más allá de las diferencias que pudieran surgir, pues todos habitaban el mismo estanque.

Fue quizás esta visión del mundo la que facilitó una estructura increíblemente igualitaria, lo que sorprendió a los poderosos longarenos, acostumbrados a habitar ciudades numerosas y enriquecidas por el comercio, gobernadas por un rey y con enormes diferencias entre sus habitantes. Por el contrario, los jairos compartían un gran rebaño común en cada uno de sus poblados, con una rígida organización para mantenerlo, por lo que se repartían los días de trabajo, y mientras unos pastaban, otros vigilaban los alrededores, cuidaban de los niños o cazaban.

No obstante, lo que más sorprendió a nuestros antepasados longarenos fue la actitud de sus mujeres. Cuando acudieron a nosotros ofreciendo su ayuda, se presentaron ante nuestros abuelos un grupo compuesto por los dos sexos en la misma proporción. Frente a la incuestionable autoridad de los varones de Longar, las mujeres jairas observaban a los otros con la misma intensidad que sus compañeros, sin agachar la vista. Hablaban además con absoluta libertad, sin necesidad de que les pidieran opinión directamente, y lo más importante: sus hombres las escuchaban.

En cada jarilchei habitaba una pareja y su descendencia, si tenían, y ambos eran encargados del mantenimiento de sus paredes de barro, sus techos de paja y de las tareas del hogar de forma conjunta. Tampoco existía, ni existe a día de hoy entre ellos, una norma establecida de los trabajos que cada uno ha de desempeñar, sino que forma parte de la intimidad de cada pareja, a la cual trasladan esa visión del estanque Chendi, coexistiendo y acordando entre ambos.

Esta nueva forma de ser y de estar en el mundo cautivó a Múlor, al igual que a muchos de los miembros de la embajada que acudió a sus poblados. Desde ese momento, la relación entre Leirenguil y los jairos fue continua y amistosa, influyéndonos mutuamente. Con el paso de los años, fueron muchos los jairos que acabaron asentándose en nuestra joven ciudad, creciendo su población junto a la nuestra. Hoy día, tras casi ocho siglos de coexistencia, ambas comunidades hemos florecido juntas, mezclando nuestra sangre y nuestro corazón.

Todo habría continuado de la misma apacible forma de no haber sido por un extraño mal que empezó a afectar a nuestros amigos. Desde hace algunos días, los jairos comenzaron a sentir un miedo que crecía en su interior y del cual no podían desprenderse, un sentimiento de profunda ansiedad que inundaba sus pensamientos y nublaba la tradicional alegría que los caracterizaba. Y con su dolor, llegó nuestra preocupación.

La oscuridad

Tras la convocatoria de una asamblea por Arguiél, decimosexto Loney después de la Longareya, a la cual acudieron los representantes de buena parte de las familias de Leirenguil, tomó la primera palabra Dirchen, la más anciana de las mujeres jairas.

—Mis años pesan sobre mis hombros de una forma antinatural; no hay día en el que no recorran mi cuerpo esos malditos calambres que dejan una estela de angustia y de inquietud en mi pecho —comenzó diciendo—. De ser un mal únicamente mío, me habría refugiado en mi gente para desahogar mi sentir, pero compartiendo estas sensaciones la totalidad de los jairos, no puede significar más que una sola cosa —afirmaba—. Ha resucitado un antiguo poder en el norte que nuestros antepasados creían extinto, y no ha sido repentino; ha debido de estar gestándose durante siglos, aislado de la atención de las gentes y bosques. Y solo ahora, cuando ha ganado fuerza, sentimos su presencia. —Durante unos momentos, la Casa de las Palabras de Leirenguil quedó en el más absoluto silencio.

—Entonces —contestó Arguiél—, no podemos más que imaginar a qué os estáis refiriendo, pues solo vosotros tenéis una unión tan fuerte con este mundo. Dinos, ¿qué sucede, Dirchen? —preguntó—. ¿Qué clase de mal está creciendo?

Dirchen se puso en pie mientras colocaba su cabellera tras sus hombros, y ante la atención de todos comenzó a hablar.

—Manteneos atentos a lo que voy a relatar, es una historia que guardamos los más ancianos. Tan solo aquellos con edad avanzada alcanzan a conocerla, pues únicamente en momentos de peligro acordamos hablar sobre ella: mucho antes de vuestra Longareya, antes incluso de que los jairos poblasen estas montañas, existió una raza de seres que vivieron en Bardia durante miles de años.

»Nuestros antepasados los conocían por el nombre de «gulkos» y fueron durante mucho tiempo una amenaza para toda clase de vida con la que se encontraban. Más demonios que hombres, los gulkos eran una raza maldita. Nadie sabe con exactitud cómo aparecieron en el mundo, pero creemos que un día fueron hombres y mujeres, no muy distintos de nosotros. Poco a poco, comenzaron a codiciar la riqueza de otras gentes, y armaron a sus ejércitos con la intención de someter a cuantos pueblos se encontrasen, destruyendo todo a su paso: ciudades de mármol, aldeas de barro y bosques frondosos y llenos de vida.

»La ambición y el mal que desencadenaron terminaron por enfurecer a los dioses, quienes veían cómo este pueblo había roto el equilibrio en buena parte del mundo. Fue entonces cuando decidieron castigarles: la tierra comenzó a temblar, se abrieron ríos de fuego y lava por todo su vasto imperio, y este, finalmente, terminó por derrumbarse. Todas las gentes, razas y pueblos, creyeron que por fin los gulkos habían desaparecido. Sin embargo, no todos perecieron.

»Los últimos supervivientes de esta desagradable raza se refugiaron en el helado norte, entre los abrigos rocosos de sus montañas, con el fin de ocultarse para siempre. Fue allí donde crearon un nuevo hogar, excavando con gran ahínco en las profundidades de las cuevas congeladas, alejados de todo y de todos. Y fue también allí, donde la locura y el odio les consumió, acabando por invocar fuerzas oscuras, energías y seres que debieron continuar durmiendo en las entrañas de la tierra, entregándose a ellos y mezclándose en macabros y horribles rituales. Poco a poco, sus cuerpos fueron cambiando, retorciéndose al igual que sus mentes, mostrando en su apariencia la fealdad de su interior.

»Desde entonces, buscan el momento para resurgir y castigar la tierra entera, sembrando sufrimiento, dolor y muerte a toda vida. Creo… creo que han despertado —concluyó Dirchen.

Tras las palabras de la anciana jaira, la sala entera se quedó en silencio. Los rostros de los que allí había quedaron pálidos, y en sus expresiones se distinguía el asombro y la amargura. Arguiél miró a su alrededor, observando a sus compatriotas, hasta que finalmente, un joven longareno captó su atención. Este chico, débil y escuálido, se puso en pie imponentemente, irradiando una fuerza y valentía que no comulgaban con su aspecto. Tras unos segundos se presentó:

—Mi nombre es Aüro, hermanos y hermanas, y a pesar de mis pocos años, soy muy consciente de la unión fraternal que se ha forjado en esta tierra, y del sentido del deber que todos debemos tener.

Varios adultos longarenos y jairos lo miraron con ternura y dejaron de murmurar para prestarle atención.

—Durante muchas lunas —continuó diciendo—, he estudiado nuestras escrituras, desde la Crónica de Longar hasta los milenarios pergaminos jairos. ¡Sabéis que me divierten más que muchos de vosotros!— soltó una breve carcajada.

Los ancianos se miraron mutuamente un tanto serios, y Aüro, sonrojado, prosiguió:

—Bueno… me… me he dado cuenta de que los primeros registros se refieren a esta tierra como sombría, negra y… y de tierras infértiles, cubierta toda por tinieblas y un aire difícil de respirar. Yo… —dijo con la garganta carrasposa—, yo creo que los antiguos jairos se encontraron con los restos de un oscuro mal que arrasó Bardia, y que Dirchen —dijo mientras ambos se miraban— nos ha explicado lo que lo causó, completando así los espacios en blanco de nuestras historias. Propongo que una partida vaya al Oráculo de Archén.

Aüro se sentó lentamente y, antes de que su trasero tocase la silla, se puso de nuevo en pie:

—¡Yo me ofrezco como voluntario! —exclamó.

Tras su intervención, Dirchen lo miró con gratitud y Arguiél esbozó una pequeña sonrisa de orgullo. La anciana jaira, que estaba sentada cerca de él, acercó su cuerpo al rey y le dijo sonriendo:

—Tu chico es valiente, querido amigo.

Los que se hallaban presentes comenzaron a debatir sobre la propuesta del joven Aüro; unos discutían sobre otras posibles opciones antes que acudir al Oráculo, otros, los más decididos, hablaban de los riesgos que conllevaría el viaje y cómo deberían organizarse, y los longarenos más escépticos ponían en duda las palabras de Dirchen, afirmando que el mal que aquejaba a los jairos debía de tener un origen muy distinto, siendo el relato de la anciana una de tantas leyendas creadas por la imaginación, una suerte de acumulación de invenciones fantasiosas cimentadas a lo largo del tiempo.

No obstante, tanto Arguiél como Dirchen se miraban con una triste seguridad, sabiendo que Archén era la única manera de entender qué estaba pasando, y si verdaderamente los gulkos habían resurgido.

—¡No voy a enviar a mis hijos a una muerte segura, Arguiél! —exclamó uno de los presentes.

—¡Ni siquiera Dirchen puede asegurarnos que todo esto sea cierto! —se escuchaba entre los miembros de la sala.

—¿Y qué es entonces? —gritó una joven jaira—. ¿Cuándo os ha fallado nuestro consejo? No entiendo qué nos está pasando, pero sea lo que sea, es presagio de algo terrible, solo en Archén encontraremos respuestas.

Arguiél se puso en pie y golpeó la mesa con su mano hasta que hubo silencio:

—Hermanos y hermanas, los riesgos son altos, pero no existe otra solución posible. Lo que se decida hoy aquí, marcará el futuro de los nuestros durante los tiempos venideros.

—Archén no se encuentra tan lejos —respondió Lidere, una joven longarena—, bien armados podríamos cruzar las montañas y hacer frente a cualquier amenaza. ¿No somos los más fuertes de estas tierras?

—No son simples bandidos lo que encontraréis por el camino, pequeña —respondió Nolor, un canoso y barbudo anciano ciego—, yo estuve allí, hace setenta y cinco años, cuando en Las Guerras de la Lana nos enfrentamos a los largos hombres que habitan esas elevaciones, ninguno de nosotros volvería en su sano juicio a recorrer esas cavernas, esos pasadizos... esa muerte. Pero... —quedó pensativo unos segundos— también sé que es necesario... mi voto es sí.

—¿Quién está a favor de acudir al Oráculo de Archén, y así encontrar respuestas a lo que está sucediendo? —dijo Arguiél firmemente.

Esa noche, las manos se alzaron en mayoría en la Casa de las Palabras, mostrando así la conformidad con iniciar el viaje. Arguiél dio por concluida la sesión y todos volvieron a sus casas, hablando a sus familias de lo decidido. Y aquellos que, como Lidere, habían acudido solos, pues habían perdido a los suyos tiempo atrás, compartieron consigo mismos lo acontecido.

La joven longarena se quedó sentada junto a la chimenea de su casa, fumando en su pipa de olivo mientras miraba las llamas. Con los ojos perdidos en el fuego, comenzó a imaginar las aventuras que podría vivir y, sonriendo, giró la cabeza hasta hallar con la vista la espada curva de su difunto padre. «Pronto la afilaré», pensó para sí misma. En ese momento, escuchó cómo unas piedras golpeaban en su ventana. Sabiendo quién debía ser, agarró la espada y se escondió tras la chimenea.

Con un golpe brusco, la ventana se abrió y Aüro entró en la casa. Observó la chimenea encendida y comenzó a andar por la casa; cuando fue a girar, sintió un frío acero en su garganta.

—Podría haberte matado, pequeñín —dijo Lidere.

—Y no tendrías quien te acompañara a Archén —contestó Aüro.

—¿Te imaginas? ¡Oh, dioses! ¡Qué ganas tengo, Aüro! Ya nos veo caminando entre los senderos montañosos, avistando criaturas increíbles, cazando animales y sentándonos a cenar junto a una hoguera al aire libre. ¡Aire libre, Aüro! Y poder ver mundo más allá del olor a mierda de estas calles…

—A mí me encanta Leirenguil.

—Yo quiero salir, Aüro, siempre lo he querido, y ahora soy lo suficientemente adulta para hacerlo.

—Con tal de viajar, habrías iniciado una guerra con alguna tribu de montañeses —dijo Aüro riendo.

—¡Y tú! ¡Tú vendrás conmigo!

—Ja, ja, ja, siempre, Lidere, desde que era niño y hasta el final del mundo —dijo mientras se abrazaban.

—Además… —añadió Aüro—, quizá venga Gorcher…

—¿De verdad? —preguntó Lidere entusiasmada—. ¡Ay, Aüro, es amigo tuyo, puedes convencerle…!

—Mmmm, sé que te encantan sus ojos mirándote con deseo.

—¡Cállate, estúpido! —cortó a Aüro mientras se reían.

Ambos se sentaron en una alfombra a los pies de la chimenea de Lidere, compartiendo una chuleta de cordero asada al fuego y buena hierba para fumar. Mientras tanto, recordaban las historias que sus padres les contaron sobre las aventuras que vivían más allá de las montañas que rodeaban Leirenguil y los poblados jairos.

El dolor de un recuerdo

¡Amigos míos…! Si tan solo pudiéramos imaginar lo que estaba por llegar… Si hubierais sabido hacia dónde os dirigíais… ¿Cuántos de los que viajaron en esos días habrían seguido adelante?

Sé que Arguiél agradeció en aquella asamblea el silencio de Nolor, pues aquel anciano sabía que era necesario emprender el viaje y no quería llenar de miedo los corazones de los jóvenes. Pero los más viejos recordaban bien aquel lugar…

En el año 705 después de la Longareya, se desató un violento enfrentamiento que duró tres largos inviernos, al que los eruditos llamaron «Las Guerras de la Lana» y que fue iniciado por el motivo más insignificante que alguien pudiera imaginar.

Un rebaño perteneciente al clan burlúr de los largos hombres desapareció una noche entre los frondosos bosques de las montañas cercanas a Archén. A la mañana siguiente, mandaron patrullas de guerreros en su búsqueda, pero no encontraron rastro alguno de su ganado. Fueron unos niños longarenos que jugaban a las orillas del río Ergone los que tuvieron la desgracia de encontrarse con una de las ovejas, quedándose jugando con ella. Al observar la escena, los guerreros creyeron que los longarenos y sus aliados jairos habían robado su rebaño. Enfurecidos, pasaron a cuchillo a las criaturas y esparcieron los cuerpos de nuestros pequeños por las aguas del Ergone.

Tras conocerse la noticia, Leirenguil entró en cólera y el loney Nuriel, padre de Arguiél, declaró la guerra a los montañeses. Como era de esperar, los jairos acudieron a nuestra llamada y reunieron a sus jinetes en nuestra ciudad. Sus arqueros a caballo se contaban por cientos, nuestros lanceros por miles.

Por su parte, los clanes de nuestros enemigos talaron cientos de árboles con los que reforzaron las murallas de sus aldeas; sin embargo, no se refugiaron tras ellas. Estas gentes, con una estatura promedio de tres metros, no rehusaban el combate. Conscientes de la ventaja que les daba su altura y el conocimiento del terreno, emboscaban una y otra vez a nuestros ejércitos entre los milenarios árboles. Contaban que eran necesarios tres lanceros longarenos para abatir a uno de ellos, y que los arqueros jairos habían de vaciar casi media aljaba para hacer lo propio.

Al comenzar la guerra, pensamos que el conflicto sería rápido, que haríamos pagar a los burlúr por sus crímenes, asestándoles tal golpe, que jamás se atreverían a acercarse siquiera a nosotros, pero no fue así. Todos los clanes de los largos hombres se unieron a nuestros enemigos, y la guerra se prolongó un mes, dos, diez, veinte... Tras tres largos años, logramos reducirlos en sus montes y se atrincheraron en su capital: Archén.

En las lomas de su ciudad se libraría la Batalla de las Estacas, la más sangrienta y duradera de nuestra era.

Por un lado, se encontraban los supervivientes de los clanes de los largos hombres. Estos habían concentrado en Archén todo su poder, colocando afilados troncos en las laderas de la colina, entre los cuales habían clavado cientos de lanzas, con las cabezas de nuestros hermanos ensartadas en las moharras. Si se levantaba la vista más arriba, se llegaba a contemplar sus murallas, las cuales lucían altas y robustas, de más de seis metros de altitud y en cuyas pasarelas se apostaban sus altos arqueros. Una flecha disparada por ellos podía lanzar a uno de los nuestros por los aires sin dificultad. A pesar de sus esfuerzos, su población nunca fue muy numerosa, pues las mujeres largas no suelen concebir más de dos criaturas en toda su vida. Con el transcurso de la guerra, sus gentes se habían reducido hasta ser unas pocas decenas de los centenares que se podían contar antes del conflicto.

Frente a ellos, acampaban nuestros abuelos. Con unos tres mil efectivos: dos mil longarenos y otros mil jairos. El número de nuestros aliados aumentó al haber acudido todos y cada uno de sus siete poblados.

Sus hombres y mujeres gritaban galopando sobre sus monturas durante largas horas entre los árboles cercanos a Archén, con el fin de infundir miedo entre nuestros enemigos. En esos momentos, nuestro agotamiento sobrepasaba los límites, pero el ánimo se había recobrado al ver tan cerca la victoria sobre esos gigantes.

En una de aquellas frías noches, los dirigentes jairos y longarenos decidieron atacar con las primeras luces del día, cuando los largos hombres se encontrasen desayunando, pero nadie imaginaba lo que ocurrió al llegar el momento.

Aún en la oscuridad de la noche, nuestros mayores habían salido de sus tiendas con sus armas en la mano, avanzando sigilosamente hasta colocarse junto a las murallas de Archén. Los más jóvenes comenzaron a trepar los troncos de la empalizada hasta apostarse en la pasarela y durante un momento se hizo el silencio. Temiendo lo peor, el resto de nuestros guerreros fue hacia la puerta y comenzó a empujar hasta que esta se abrió. Se encontraron cara a cara con los jóvenes que habían trepado, los cuales habían quitado los tablones que atrancaban el portón. Ambos grupos avanzaron por toda la aldea sin encontrar ni un solo ser viviente.

Tras inspeccionar calles y casas, llegaron hasta la plaza de Archén, junto a la roca de la montaña. Allí observaron la entrada a una enorme cueva, en cuyas profundidades, dedujeron, debía de encontrarse el famoso oráculo. Pensando que debían haberse escondido dentro como último refugio, decidieron adentrarse a buscar a sus enemigos.

Conforme más penetraban en el interior de la tierra, más se hallaban inundados por la magia y cada vez más, el ambiente se sentía cargado al respirarse, pero no de una forma desagradable, sino fresca y perfumada, como si se pudiera saborear un dulce en cada bocanada de aire. El agua que corría por los pequeños arroyos bajo sus pies era cristalina, y brillaba con luz propia de un color turquesa intenso, haciendo innecesarias las antorchas para alumbrar. Longarenos y jairos quedaban maravillados por lo que estaban experimentando sus sentidos, pero si bien los primeros tenían grandes ansias de seguir avanzando y ver qué más les deparaba el lugar, los otros caminaban cada vez con más cuidado y cautela.

Finalmente, llegaron a una gran sala, cuyos altos techos se sustentaban con robustas columnas de roca. De pronto, se encendieron cientos de antorchas, cuyas luces iluminaron los rostros de los largos hombres, los cuales se habían refugiado con sus familias en ese lugar. Habían colocado a sus hijos delante de ellos, arrodillados, mientras que sus hombres, mujeres y ancianos se quedaron atrás, sosteniendo sus largos cuchillos.

Nuestros abuelos desenfundaron sus armas y, justo antes de avanzar, los largos hombres degollaron a sus propios hijos ante nuestros ojos. Ninguno de los pequeños opuso resistencia, y no se escuchó ni un solo grito de dolor.

Sin entender qué estaba pasando, nuestros antepasados se quedaron inmóviles, y los niños de los largos hombres cayeron desplomados al suelo. Su sangre corría por unas pequeñas grietas entre las piedras del suelo, concentrándose en el centro de la sala, entre ellos y los nuestros, conformando un extraño círculo que se iluminó al rojo vivo hasta que empezó a arder. De pronto, los largos hombres se desvanecieron, convirtiéndose sus cuerpos en un denso humo negro que se esparció por toda la sala. El fuego comenzó a crecer, avivándose más y más hasta alcanzar casi el techo de la caverna.

Fue entonces cuando la tierra comenzó a temblar y el fuego fue tomando la forma de un enorme ser, mientras resonaba una voz fuerte e histérica, que repetía en lengua burlúr palabras que la mayoría no atendió en ese momento. Este ser comenzó a retorcerse y a lanzar llamas a todas direcciones, haciendo retumbar la tierra de tal manera que a muchos de nuestros abuelos les estallaron los ojos de sus órbitas. Todos los allí presentes comenzaron a correr en tropel hacia la salida; algunos lo consiguieron, mientras que la gran mayoría quedó abrasada por el fuego. Los gritos de dolor fueron terribles. Ciegos y con quemaduras, corrieron los supervivientes al campamento; al contar lo sucedido a los guerreros que allí había, decidieron sellar la cueva y quemar la aldea entera.

Los largos hombres habían convocado a un Gunlë, un demonio custodio que quedaba atado eternamente a un lugar en concreto, protegiéndolo sin descanso. Para traerlo a la vida, los largos hombres habían ofrecido lo único que les quedaba: sus niños.

Al llegar a Leirenguil, los victoriosos guerreros no hablaron mucho sobre lo ocurrido. El sufrimiento que mostraban sus cuerpos y el interminable agotamiento que había supuesto la contienda, hicieron que nadie insistiera demasiado en ello. Habíamos vencido y eso era lo importante. La guerra al fin se había acabado.

Los tambores jairos y los laúdes longarenos sonaron durante días sin cesar y por las calles las gentes cantaban, bailaban y bebían, sabiéndose ahora sí, seguros ellos y los suyos.

Los supervivientes de aquella maldad, de aquella muerte, recordaron entonces y durante mucho tiempo las palabras en lengua burlúr que resonaron en las cavernas aquel día:

—*Lunnuidemu mulemu. Nïushu budur guruemu. Sha-ruemu cala mul, duru nieru muldur.*

(Yo y los míos nos vamos. Nadie profana nuestro lugar. Viviremos tras la muerte para vuestro dolor).

La desazón de Arguiél

Tras la asamblea en la Casa de las Palabras, el decimosexto *loney* de Leirenguil fue el último en abandonar la sala. Sentado en el banco de madera desde el que presidía las reuniones, se quedó mirando a la nada, pensativo, mientras acariciaba con sus dedos la empuñadura de *ludial*, su preciada y hermosa espada curva longarena. Tras un buen rato, decidió marcharse a casa a descansar, ordenando a los guardias cerrar las puertas. Cuando llegó, encontró la cama de Aüro vacía e imaginó con quién estaría su hijo:

«Quizás —dijo para sí mismo— a mí también me venga bien la compañía de una buena amiga».

—Ya tardabas en llegar —dijo Dirchen al ver a Arguiél a punto de tocar a la puerta de su cabaña.

—¿Cómo sabías que iba a venir? —preguntó Arguiél.

—Llevo escuchando a tu cabeza pensar desde hace rato, pasa —dijo Dirchen mientras le sonreía.

Arguiél entró a la cabaña y ambos se sentaron en una alfombra jaira hecha de lana blanca con dibujos rojizos en los bordes. Dirchen destapó una vasija de vino y se encendió tabaco en su pipa, dispuesta a escuchar las quejas de su amigo.

—¿Qué he hecho, Dirchen? —preguntó.

—¿Te refieres a salvarnos a todos?

—Sí, supongo que me refiero a eso…

—Arguiél —dijo Dirchen mientras exhalaba el humo de su pipa—, tú eras un mocoso cuando comenzó la guerra y sin embargo veo en tus ojos el mismo pavor que encogía el corazón de tu padre, que los dioses lo tengan en eterno descanso.

—¿Sabes que le costaba conciliar el sueño por las noches? —le contestó Arguiél—. En sus últimos meses, su mente parecía volver a aquellos tiempos. Podía olvidar los nombres de viejos amigos, pero recordaba con mucha fuerza cada paso que dieron en esas cavernas. —Tomó la vasija de vino y dio un largo sorbo.

—En esos tiempos, yo contaba ya con ciento veinticinco años, Arguiél —respondió Dirchen mientras le miraba fijamente—, viví esos tres amargos inviernos en la flor de mi juventud. Nunca perdí la esperanza como otros de nuestros hermanos, ni jamás permití que la tristeza inundara mis días, si lo haces, se acumula en tu interior como los granos de arena en las orillas de los ríos, hasta que taponan su cauce.

—Temo que continúe ahí, Dirchen… que ese mal que convocaron los largos hombres despierte de nuevo.

—Un gunlë no despierta, Arguiél, pues nunca duerme —dijo mientras le ofrecía su pipa—. Pero ahora sabemos que está ahí, dentro de esas cuevas, antes no.

—Pero ¿y de qué manera podrían nuestras espadas curvas cortar su fuego? ¿Y vuestras flechas clavarse en sus llamas? —preguntó sin ánimo el longareno.

Dirchen se levantó y agarró la jarra de agua que tenía sobre su mesa, se acercó a la chimenea y vació el líquido en la hoguera, apagándola por completo.

—¿Cómo combatirías tú el fuego? —le preguntó mientras sonreía.

—¿Me estás diciendo que matemos a un demonio apagándolo con jarras de agua? —le preguntó Arguiél.

—No con cualquier agua, lo que nace de la magia solo puede morir con magia —contestó Dirchen con voz firme—. Habréis de usar el agua misma que se encuentra en esas cavernas, el manantial del que nace es un portal a otro mundo, a otro tiempo. Mi pueblo cree que proviene del mismo estanque Chendi. Con ella lograremos apagar su fuego y los largos hombres dejarán de existir, esta vez para siempre.

—¿Cómo habría de hacerse? —preguntó Arguiél intrigado.

Dirchen se acercó a su amigo y se sentó en la alfombra frente a él, cogiéndole de la mano.

—Un günle no puede abandonar el lugar que custodia, así que debemos hacer de su morada su tumba, no hemos de atacarle a él sino al sitio que habita. Desviaremos el arroyo de la caverna hasta la gran sala del oráculo donde se encuentra el demonio y la inundaremos por completo.

—¿Y… ya está? —preguntó Arguiél.

—¿Cómo que «ya está»? —respondió la anciana.

—Dirchen —preguntó Arguiél medio riendo—, ¿si es tan simple acabar con él por qué no has dicho todo esto antes?

—¿Simple? —preguntó Dirchen abriendo sus brillantes ojos—. ¿Crees que el demonio no sabrá que habéis llegado? ¿Que el agua no se resistirá a ser desviada? No Arguiél, no hay simpleza en esta misión, como tampoco hubo necesidad de llevarla a cabo en el pasado. Pero ahora precisamos respuestas que solo ese lugar puede darnos.

—¿Y cuántos de nosotros seríamos suficientes?

—No más de veinte, desde luego, ese lugar percibe lo humano como extraño, así como nosotros percibimos su magia maravillados.

Arguiél quedó un rato pensativo, intentando organizar todo en su mente. La idea del viaje comenzaba a encajarle mejor, Dirchen, como siempre, había calmado su sentir.

—Mi hijo me suplicará ir —dijo Arguiél con humor.

—Y mi Gorcher también —respondió Dirchen—.
¿Pero qué abuela sería si se lo impidiera?

Un camino hacia Archén

A la mañana siguiente, comenzaron rápidamente los preparativos para el viaje desde Leirenguil hacia el Oráculo de Archén, que tendría lugar al final de esa misma semana. En primavera, el trayecto no duraba más de unos días, pero el invierno estaba cerca, y con las primeras nieves quedaban incomunicados los principales senderos, teniendo que tomar desvíos entre los valles del río Ergone. En tal caso, la travesía podía extenderse más de un mes.

Dirchen y Arguiél, como principales líderes de sus comunidades, fueron los encargados de organizarlo todo. Si bien la ciudad garantizaba a los guerreros el equipamiento necesario, muchos preferían llevar las armas de sus antepasados, creyéndolas portadoras de ciertos atributos sobrenaturales, tales como la protección o la fiereza en batalla. Los jairos por ejemplo, pensaban que sus arcos adquirían personalidad propia con el paso del tiempo, siendo incluso capaces de sentir las intenciones del que lo empuñaba, facilitándole el disparo o haciéndole errar.

Era costumbre que los longarenos se encargasen de las provisiones, pues éramos herederos de una interminable tradición de comerciantes, acostumbrados a realizar largas rutas en alta mar antes de la Longareya. Especialmente famosos eran nuestros pariel, una especie de galletas muy saladas que podíamos almacenar durante meses.

Como no podía ser de otra forma, los jairos dirigidos por Dirchen reunieron a los mejores caballos que teníamos. Su raza equina era fuerte y hermosa, pequeños pero de patas robustas y con un pelaje marrón dorado tanto en el cuerpo como en las crines, muy parecido al pelo de sus jinetes, lo que a simple vista parecía resaltar su unión. Y es que, desde que era pequeño, jamás vi un amor tan grande entre un ser humano y un animal.

Cuando nos íbamos de aventura por las montañas, solíamos perdernos más de una vez y tardábamos más días de los previstos en volver a Leirenguil. Lo que más me llamaba la atención era precisamente la mirada de mis amigos jairos, porque juro que se iba apagando poco a poco con el paso de los días, volviendo a relucir de felicidad cuando veían de nuevo a sus amados caballos. Nunca me cupo duda de que el sentimiento era compartido, porque al verles, los animales relinchaban y saltaban sobre sus patas. Ver cómo los jairos les abrazaban la cabeza mientras ambos cerraban los ojos ha sido siempre para mí uno de esos pequeños placeres de la vida.

Podría decir que Lidere comenzó a afilar sus armas antes que ninguno, aunque en realidad, era muy raro que pasase un día sin hacerlo. Esa ansia de aventura era quizás lo más característico de ella, y siempre lograba contagiárnosla.

Desde bien jóvenes, nuestras escapadas a las montañas fueron frecuentes. Llevábamos lo suficiente para pasar dos o tres días fuera, pero muchas veces nos perdíamos y esas excursiones acababan alargándose otros tantos días más.

¡Volvíamos a casa muertos de hambre! Al pensarlo ahora, estoy seguro de que Lidere se equivocaba a propósito para explorar.

¿Cuántas personas así pueden conocerse en una vida?

En otras ocasiones, se iba a los bosques sin avisar a nadie. Siempre disfrutó mucho del tiempo consigo misma, y quizás gracias a eso, no le costó tanto vivir sola cuando murieron sus padres. Cuando hablábamos del tema, llegábamos a la conclusión de que experiencias como estas forjan el carácter de una persona, y si antes era ya una niña valiente e independiente, ahora lo era mucho más.

Con una fuerte resaca tras las vasijas de vino que bebió con Lidere, Aüro se levantó en casa de su amiga casi a mediodía. La vio al lado de la chimenea, sacándole brillo a una armadura al tiempo que vigilaba una olla de verduras y carne que se cocía lentamente en el fuego.

—¿Ayer bien, verdad? —dijo riéndose Lidere.

—No entiendo cómo tú estás normal —contestó Aüro con cara triste mientras se sentaba a su lado.

—Un vaso de agua por cada vaso de alcohol, ese es el truco —dijo Lidere sonriendo.

—Se te va a deshacer la puta armadura de tanto pulirla.

—Mi «puta armadura» se está quedando preciosa. ¿Te saco brillo a esa cara putrefacta que tienes hoy?

—No, no, déjate.

—Oye, Aüro —dijo Lidere con una voz dulce e infantil, totalmente anormal en ella—, ¿vas a… hablar con Gorcher… para que… se venga… con nosotros?

—Sí, pesada —contestó Aüro suspirando mientras Lidere reía.

Al poco rato, se escuchó tocar la puerta de la casa.

—¡Pasa, está abierto! —gritó la joven.

Arguiél entró y encontró a los dos tirados en el suelo afilando y puliendo el armamento.

—Como cuando erais niños —dijo Arguiél sonriendo.

—Las cosas buenas no cambian, tío —contestó mirándole Lidere, devolviéndole la sonrisa.

—Bueno, no os quiero interrumpir, he venido a darte una cosa, Aüro, estoy seguro que harás buen uso de ella —dijo Arguiél mientras dejaba en el suelo un objeto envuelto en un paño blanco.

—Muchas gracias, padre, ¿qué es? —preguntó Aüro con ojos entrecerrados en señal de extrañeza y curiosidad.

—Algo que era mío, ahora es tuyo y mañana de quien tú elijas. —Tras estas palabras, Arguiél sonrió a los dos y se marchó de la casa.

—¿Lo abres ya? —preguntó Lidere impaciente.

Aüro retiró la cuerda que envolvía el paño y poco a poco quitó la tela blanca hasta que se vio la empuñadura de ludial, la espada de Arguiél. Los dos jóvenes se quedaron callados, mirándose con los ojos abiertos. Aüro sonrió mientras la desenfundaba, viendo cómo los rubíes rojos incrustados en el mango relucían con la luz del sol.

—Es preciosa —contestó el joven mientras la miraba orgulloso.

Durante el resto de la tarde, el frenesí reinó por todo Leirenguil. El sonido de los martillos en las fraguas inundaba la ciudad. Las gentes acudían de aquí para allá apilando lanzas, espadas y flechas. Los caballos estaban limpios y listos para el viaje, con nuevas y relucientes herraduras bajo sus patas.

Al llegar la noche, Aüro y Arguiél volvieron a reunirse en casa, cenaron y conversaron sobre el trayecto; la ruta que habrían de seguir, los lugares que debían evitar y los peligros que tendrían que afrontar. La expedición sería dirigida por Nilche, una mujer jaira, ni muy joven ni muy avanzada en años.

Rumbo a lo desconocido

Al sentir los rayos de las primeras luces de la mañana sobre su rostro, Aüro abrió los ojos sonriendo y se alzó de un salto. Su energía estaba disparada y corrió rápidamente hacia el establo, portando las armas y las bolsas repletas de comida para colocárselas a los caballos.

Allí encontró a su padre sentado en un pequeño tronco. Tenía la mirada perdida y su rostro se veía agotado. Como era de esperar, Arguiél se había pasado toda la noche en vela. Su mente era experta en crear escenarios inexistentes, desoladores las más de las veces. Seguramente, nuestro querido Loney se encontraba barajando rutas alternativas, más seguras, más directas. Habría recorrido con su mente hasta el último de los atajos que existen en los montes, con la intención de facilitar la llegada de su hijo a ese lugar maldito.

—¿Te encuentras bien, padre? —preguntó Aüro.

—Sí, cariño mío —exclamó con los ojos llorosos mientras le miraba—. Acércate a abrazar a este viejo, pasarán muchos días sin verte.

—Padre, Lidere vendrá con nosotros. ¿Qué podría pasarnos? —dijo Aüro mientras reía y mantenía el abrazo a su padre.

—Escúchame bien, hijo mío —dijo Arguiél mientras rodeaba con sus manos el rostro de Aüro, mirándole fijamente—. Manteneos siempre juntos, toda la expedición. No son momentos ni lugares para explorar parajes desconocidos. Procura que Lidere entienda esto; ella no tiene padres que le repitan estas cosas, aunque los jóvenes penséis que no necesitáis escucharlas.

—Descuida, padre —contestó Aüro mientras le abrazaba de nuevo—. Los dioses protegen las buenas obras y a la gente que las lleva a cabo. ¡Salvaremos a los nuestros y celebraremos la vida durante días!

Al despedirse padre e hijo, se encontraron en la plaza de la ciudad los miembros de la compañía. Aüro y Lidere se abrazaron y besaron al verse, mirándose y sonriendo, contentos de poder vivir juntos estas nuevas experiencias.

Poco a poco fueron llegando los que faltaban. Dirchen y Gorcher hicieron su aparición montados sobre hermosos caballos. La anciana jaira se bajó de su montura y abrazó a los dos jóvenes longarenos.

—Mis valientes guerreros —exclamó Dirchen mientras los miraba—, me siento orgullosa de cabalgar junto a vosotros.

Tras su muestra de cariño, subió a su caballo de un salto y se dirigió a la cabeza de la expedición. Gorcher, mientras tanto, se acercó a los dos longarenos y les saludó con besos y buenas palabras, quedándose un poco más de tiempo mirando a Lidere. Esta, al notarlo, le guiñó un ojo y el pobre jairo se sonrojó y se marchó junto a su abuela sonriendo. Al estar a punto de partir, llegó Nilche, con su apariencia fiera y desafiante.

Esta mujer nació en Neirjil, uno de los poblados jairos más alejados de Leirenguil. Sus padres murieron durante las Guerras de la Lana, quedando huérfana a muy temprana edad. Cuando esto sucede entre los jairos, es común exponer el caso en asamblea, momento en el que una familia que pueda ocuparse del niño aparece voluntaria. No obstante, cuando llegó el turno de acogida de Nilche, esta había desaparecido.

Durante largo tiempo, nadie supo qué fue de ella, a dónde viajó, con quién estuvo o cómo se las arregló para lograr mantenerse viva. Apareció casi treinta años más tarde para reunirse con los suyos, pero jamás habló con nadie de lo que le ocurrió.

De hecho, casi nunca hablaba de nada. Sus largas décadas de soledad durante su juventud forjaron, con total seguridad, un espíritu reservado y silencioso, que guardaba para sí mismo las impresiones que tenía del mundo. Eso sí, se sentía especialmente atraída por la gente valiente y sincera, razón por la cual se hizo íntima amiga de mujeres como Dirchen o Lidere.

Cuando Nilche apareció, los veinte miembros de la expedición se quedaron mirando a sus relucientes ojos jairos, pendientes de cómo analizaban con detenimiento a los caballos y a sus jinetes. Pasó de un lado a otro sonriendo a sus compañeros hasta que se puso en primera fila, levantó su brazo y gritó con todas sus fuerzas:

—¡Chendi!

Tras esto, inició un rápido e imparable galope, el cual fue seguido por el resto de la compañía. Uno a uno, los jinetes abandonaban los muros de Leirenguil, dejando tras de sí una inmensa nube de polvo.

Aüro cabalgaba junto a Lidere; la ludial de su padre iba ceñida a su cintura, rebotando con cada salto que daba su yegua. Su cabeza se llenaba de decenas de pensamientos: unos se perdían como estrellas fugaces, abandonando rápidamente su consciencia; otros, sin embargo, permanecían: su padre, su casa, sus amigos y aquella vecina con la que las horas pasaban como minutos mientras conversaban sobre mil temas diferentes. Nuestro joven amigo dejaba atrás toda su vida para embarcarse en una misión apasionante pero arriesgada, cuyo resultado desconocía totalmente.

Al cabo de media hora de galope, Nilche ordenó reducir la marcha. A partir de ese momento, avanzarían al trote hasta llegar a las orillas del Chendum, un importante afluente del río Ergone, lugar en donde descansarían para comer y abrevar a los caballos.

Mientras más avanzaban hacia el Chendum, Aüro empezó a percatarse de cómo iba cambiando el paisaje que los rodeaba. Miró a Lidere y le señaló con los ojos el terreno que pisaban. La joven vio cómo poco a poco la verde y frondosa hierba comenzaba a desaparecer, dando paso a un suelo de arcilla agrietada y porosa, ausente de toda vida. Al cabo de un rato, esqueletos de diferentes animales iban apareciendo por el camino y un desagradable olor a podredumbre y sequedad impregnaba el aire que respiraban.

—Esto no tiene sentido —dijo Lidere, desconcertada—. ¿Cómo puede haber tanta muerte estando tan cerca el agua?

—Cuando éramos pequeños, estas tierras estaban cubiertas por océanos de hierba —añadió Aüro.

—Y así deberían estar, pequeños —contestó Dirchen—. Ese mal que sentimos dentro parece estar creciendo más rápido de lo que pensaba y consume toda vida a su paso.

—Está tan cerca de Leirenguil… —comentó Gorcher—. Esta amenaza no podrán pararla nuestros muros, y está claro de dónde viene. Ha bastado avanzar un poco al norte para darnos cuenta. Hemos tomado la decisión correcta, tenemos que averiguar qué está pasando.

Nuestra compañía continuó el camino durante horas, observando con tristeza la extinción de la vida en los alrededores; prados que antaño fueron poblados por enormes bosques eran ahora desiertos de leña y huesos. El canto de los pájaros, chicharras y lobos había dejado paso al silencio más desolador.

Mientras los ojos de nuestros jinetes seguían analizando lo que les rodeaba, asombrándose y comentando entre ellos lo que iba mostrando el camino, un reflejo aparecía en el horizonte.

—Hemos llegado al Chendum —exclamó Nilche con determinación—. Atemos a los caballos y organicemos el campamento. ¡Lidere, comprueba si el agua del río puede usarse! ¡Aüro y Gorcher, buscad leña para encender un fuego! ¡Dirchen, llévate a algunos arqueros e intentad conseguir alimento! ¡El resto, quedaos conmigo y montemos las tiendas!

Tras las órdenes de Nilche, y de forma unánime, todos se lanzaron a realizar las tareas encomendadas. Aüro y Gorcher se miraron y empezaron a correr hacia lo que parecían ser los restos de un pequeño pinar. Una vez allí, el joven jairo miró hacia arriba, fijándose en la altura de los árboles; desenfundó su hacha y comenzó a partir los troncos que Aüro ataba para su transporte.

—Si acabamos pronto podemos ayudar a Lidere con el agua —dijo Gorcher.

—Mmm, sí. ¿Y por qué a ella? —le contestó Aüro con una sonrisa pícara.

—Pues… para agilizar el trabajo. No sé… está sola en el río, yo me aburriría.

—Ja, ja, ja, tú te mueres por sacarle una conversación. Venga, hermano, confiésalo. Sabes que a mí me puedes contar estas cosas.

—Bueno, siempre me ha parecido interesante… —dijo Gorcher mientras sonreía con los ojos hacia abajo—. Pero no sé, Aüro —dijo parándose y hablando fija y seriamente al longareno—, es una persona difícil de descifrar. No entiendo cuándo es sarcástica o cuándo me dice algo en serio.

—Mmm, ya. Creo que sé lo que puedes probar a hacer.

—¿Qué?

—Pues hablar con ella, estúpido.

—Ya… —Quedó un rato pensativo—. ¿Pero… ahora?

—No, ahora no, si no quieres que se ponga nerviosa y se caiga a ese río lleno de mierda —contestó Aüro riéndose y haciendo reír a su amigo—. Sabes, Gorcher —continuó—, ella nunca lo reconocerá, pero desde que murieron sus padres siempre le ha costado ampliar su círculo, y mucho más abrir sus sentimientos a alguien, más allá de pasar una noche divertida… ¿Pero tú no quieres eso, verdad?

—Me gustaría que no fuera solo una noche —contestó Gorcher con sinceridad y cariño.

—Entonces habla con ella; estoy seguro de que le gustará escucharte —le contestó Aüro, devolviéndole la mirada de aprecio a su amigo.

Al terminar de hablar, escucharon un grito procedente del río. Se miraron asustados y corrieron con todas sus fuerzas hacia donde se encontraba Lidere. Cuando llegaron, la joven estaba mirando a todas partes con los ojos enfurecidos, la ludial en su mano y su cuerpo bañado en sangre. Poco después llegó Nilche a caballo junto a otros más.

—¿Qué ha pasado aquí, Lidere? —preguntó Nilche.

—Una… una mujer, creo que era una mujer —respondía la joven mientras temblaba—. Tenía la cara deformada y me miraba; no apartaba los ojos. Empezó a acercarse. Le grité, pero siguió acercándose, cada vez más rápido, y le rasgué el vientre con mi espada.

—¿Dónde está? —volvió a preguntar Nilche.

—Se fue por el río, se ha perdido entre las colinas. Corría mucho, Nilche, y aunque se marchó sangrando, seguía riéndose —contestó Lidere, asustada y sin entender nada.

—Id hacia el campamento —ordenó Lidere—. ¡El resto, seguidme!

Una vez sentados alrededor del fuego, cobijados bajo una gran tienda, Dirchen se puso frente a Lidere y le ofreció un cuenco de cocido caliente. La anciana le agarró ambas manos y la miró fijamente: «Lo que quería matarte era un gulko, cariño».

Reflexiones junto a la hoguera

La compañía quedó resguardada bajo la gran tienda hasta caer la noche, saliendo únicamente para turnarse en la vigilancia de la zona. El ambiente en el interior era tranquilo y acogedor, con un pequeño fuego en el centro de la estancia. Dirchen había encendido garién, una especie de incienso común entre los jairos, hecho con grasa de ciervos y más de dieciséis hierbas distintas de las montañas, el cual solían reservar para crear un clima de serenidad.

Aunque las conversaciones no giraban en torno a la bestia que atacó a Lidere —así la llamaron—, en sus mentes rondaban infinitas preguntas, más de las que podían verbalizar en toda una noche. Al poco tiempo, se oyó el galope de caballos provenientes de la lejanía. Uno de los centinelas entró en la tienda y avisó del regreso de Nilche y el resto de jinetes. Estos entraron poco después y se pararon frente a sus compañeros. Nilche se puso delante y extendió su mano, sujetando entre sus dedos llenos de tierra y sangre la cabeza de la bestia, la cual tiró a los pies de Dirchen, que se encontraba sentada junto a Lidere.

—¿Es lo que pensamos? —preguntó Nilche mirando fijamente a la anciana jaira.

—Sí, aún sonríe desde la otra vida. Sus espíritus nunca terminan de abandonar el cuerpo del todo. Carecen de cualquier tipo de unión con el orden natural; hace mucho que lo perdieron, por eso permanecen entre los mundos, perdidos y sin encontrar paz —contestó Dirchen.

—¿Entonces está muerto? —preguntó Aüro.

—Sí, cariño, ya no tiene poder alguno sobre esta tierra.

—Entonces podemos matarlos. A todos —afirmó Nilche mientras se sentaba junto al fuego.

—Nunca fue un problema acabar con estos seres. La magia oscura con la que se mezclaron tan solo les alargó la vida, además de otorgarles innumerables riquezas imposibles de imaginar —respondió Dirchen.

—Pero… ¿seguimos entonces con el plan? —preguntó un Gorcher desconcertado—. Quiero decir, la idea era llegar hasta el Oráculo de Archén para encontrar respuestas. Yo diría que ya las tenemos.

—Desde luego. Ahora sabemos que han vuelto —respondió Aüro.

Los miembros de la compañía quedaron un tiempo pensativos, pero enseguida comenzaron a debatir entre ellos. Gorcher tenía razón: ¿por qué habrían de acudir a Archén, atravesando senderos desconocidos y repletos de peligros para enfrentarse a un günle? Lo habían visto con sus propios ojos, los gulkos habían vuelto y nadie esperaba toparse con uno a menos de un día de distancia de Leirenguil. ¿No sería más inteligente retornar a la ciudad, informar de lo sucedido y agrupar las fuerzas para hacer frente a esta amenaza?

Estas y otras muchas cuestiones se debatieron durante largas horas junto al calor del fuego, una de tantas costumbres traídas por los jairos. No obstante, esta vez no se abrieron vasijas de vino, ni tampoco se preparó carne sobre las brasas.

Cada vez que alguno de ellos lograba distraerse un poco de lo acontecido, sus ojos acudían incontrolablemente hacia la cabeza del gulko tirada sobre el suelo, sonriendo y emanando sangre putrefacta de sus ojos, nariz y boca.

—Hermanos —exclamó Dirchen mientras se ponía en pie—, con las primeras luces de la mañana tendremos que movernos, tras lo ocurrido no podemos perder tiempo alguno. En mi sentir, debemos continuar con el plan, marchar hacia Archén y alcanzar el Oráculo.

—¿Por qué arriesgarnos así, Dirchen? —preguntó Nilche.

—Porque seguimos buscando respuestas. Sabemos que el mal que sentimos está vivo, pero desconocemos cómo hacerle frente. ¿Qué haríais si volvierais a Leirenguil? ¿Reforzar las murallas? ¿Mandar mensajeros a los poblados jairos? ¿Y luego qué? Eso no nos mantendrá vivos, no mucho tiempo. Si los gulkos pudieron derrumbar imperios, ¿qué no harán con nuestras cabañas de madera y barro? No, queridos, no tenemos fuerzas para pararles, nunca la hemos tenido. Desconocemos también la ayuda que los dioses podrían prestarnos, ni cuándo llegaría…

Tras las reflexiones de la anciana, se hizo una votación entre los miembros de la compañía. La mayoría de los brazos se alzaron a favor de continuar el camino, a excepción de dos jinetes, que se negaron a dejar a sus familias desprotegidas ante amenazas tan cercanas a la ciudad. Ambos volverían a Leirenguil e informarían de lo sucedido.

Ahora sí, los dieciocho miembros restantes, encabezados por Nilche, retomarían la senda a la mañana siguiente. Bordearían el Chendum hasta alcanzar el Ergone, cuyo valle fluvial les conduciría directamente hasta las montañas de Archén. Una vez allí, ascenderían hasta las escarpadas cimas, prosiguiendo hasta encontrar los restos del mundo perdido de los Largos hombres, los cuales señalan la entrada al Oráculo.

Luego de la improvisada asamblea, se echaron a dormir sobre sus alfombras jairas. Aüro se acostó junto a Lidere, que, incapaz de descansar, mantenía los ojos abiertos sin mirar a un punto fijo. Su amigo le hizo una seña para captar su atención y le agarró la mano. Su sonrisa la tranquilizó y pudo conciliar el sueño, sabiéndose protegida por los suyos.

Cuando amaneció, los enseres habían sido recogidos y la tienda estaba vacía, de objetos y de gente. Todos se habían puesto en marcha desde bien temprano, dejando a Lidere un más largo y merecido descanso. Cuando salió por la puerta, se encontró con Nilche, dándole los buenos días con una sonrisa. La joven longarena volvió a entrar a la tienda, sintiendo que estaba en el lugar adecuado y en el momento necesario. Recogió su alfombra, su ludial y su bolsa de cuero, uniéndose a sus compañeros.

Cuatro hermanos jairos, encargados del montaje del campamento, comenzaron a desmontar los toldos cuando Lidere salió. Esta dedicó un tiempo a observarles antes de empezar con sus tareas. Desde luego, era increíble la facilidad y rapidez con la que este pueblo seminómada se ponía en funcionamiento, algo que habría sorprendido a cualquier líder militar. Y es que, si bien sus poblados se encontraban anclados desde tiempo inmemorial en sus amadas montañas, habían conservado el rechazo a la sedentarización en un único aspecto: la guerra.

Lo más seguro es que el deseo de alejar cuanto pudieran los enfrentamientos de sus hogares fuera la principal razón que les condujo a vivir los conflictos armados aún como pueblos nómadas. De hecho, muy rara vez permitieron que esos horrores alcanzasen sus casas.

Cuando era necesario combatir, recurrían al ataque como defensa, interceptando al ejército enemigo y hostigándole con sus arqueros a caballo. La guerra de guerrillas era su especialidad, siendo expertos en aparecer de entre los árboles, infundir el mayor número de bajas y perderse de nuevo en el bosque.

Ahora, como antaño, la guerra se libraba en otras tierras, fuera de las murallas de Leirenguil... al menos por ahora.

El curso del arroyo

Los cascos de nuestros caballos dejaron de levantar nubes de tierra al pisar el Chendum. Sus aguas salpicaban las piernas de nuestros jinetes y los animales sintieron alivio al notar el frescor de las gotas en sus cuerpos. Marchábamos decididos hacia Archén. Nos esperaban dos días subiendo el curso del arroyo, el cual nos guiaría hasta el valle del Ergone. En principio, no debería haber grandes peligros acechando por la zona. Pero tras el encuentro de Lidere con el gulko avanzábamos atentos a cualquier estímulo externo. De igual manera, nuestras mentes iban concentradas en intentar reconocer un paisaje que ya no existía.

Los últimos cazadores que se adentraron aquí, hace apenas unas semanas, no hablaron sobre nada parecido a esto: la muerte de las plantas, el cese del cantar de los pájaros, en definitiva, la extinción de todo rastro de vida. Esa era la triste imagen que estábamos descubriendo nosotros.

Continuamos durante horas bordeando el Chendum sin casi mediar palabras entre nosotros; no obstante, nuestras miradas comunicaban todo lo necesario: el asco por lo que había sido de nuestras verdes colinas y la voluntad de parar esta enfermedad lo antes posible.

Habríamos seguido un poco más sin descansar, de no haber sido por una enorme estaca clavada en medio del arroyo. En ella estaba empalada una niña. Por las vestimentas parecía ser longarena. No debía llevar muerta demasiado tiempo, no más de unos días. Cuando Nilche la vio, se bajó del caballo y se acercó a ella. Giró rápidamente su cabeza hacia nosotros al ver cómo le habían amputado los dedos de los pies. El cuerpo de la pequeña había sido recubierto de tatuajes con extrañas inscripciones y horribles escenas. Por más que la mirábamos, no lográbamos descifrar ni el contenido ni el pueblo que pudo llevarlo a cabo.

Lidere, Gorcher y otros más bajaron de sus caballos y ayudaron a Nilche a bajar el cuerpo inerte de la niña, que tumbaron con cuidado en la orilla del arroyo. Luego le retiraron el vestido rasgado y lleno de sangre. En el vientre se podía ver la imagen de una ciudad, con dos grandes montañas al fondo. Estaba cubierta de llamas y otras muchas personas aparecían empaladas fuera de sus murallas. Todos la identificamos rápidamente: era Leirenguil.

Los trazados se extendían volteando el torso hasta la espalda. Le dimos la vuelta a la niña y vimos una larga inscripción, desde sus hombros hasta la cintura. Tanto las letras como los dibujos estaban grabados con una tinta roja muy oscura, parecida a la sangre. Los trazados eran casi perfectos, si no fuera por pequeños desvíos que aparecían cada cierto espacio. Al darse cuenta de esto, Nilche levantó su cabeza hacia nosotros:

—Se lo han hecho mientras estaba viva —exclamó—. Las líneas que se tuercen fueron provocadas por los espasmos de la niña al ser tatuada.

Sus palabras nos provocaron una rabia inmensa. Ningún pueblo vivo de los alrededores tenía estas prácticas. Todo esto debía tener relación con el mal que crecía desde el norte.

—Es burlúr —dijo Dirchen—. Las letras de su espalda están escritas en la lengua de los largos hombres.

—¿Cómo puede ser? —preguntó Aüro—. No quedó ninguno vivo tras la guerra.

—Porque su idioma no era únicamente utilizado por ellos, Aüro —contestó la anciana—. Eran los custodios del oráculo de Archén desde tiempos muy antiguos. Su lengua era la del oráculo, la de la magia y la de lo oculto. Todos hemos hecho uso de ella para abrir vías de comunicación con otros mundos.

—¿Tú la conoces, Dirchen? ¿Sabrías decirnos qué pone? —preguntó Lidere.

—Es una advertencia.

—¿Hacia quién? —volvió a preguntar la joven.

—Hacia nosotros. —La anciana jaira posó su mano sobre la espalda de la niña y fue leyendo en voz alta—:

«No hay riquezas que puedan salvaros. Vuestro mundo será nuestro. Vuestras familias, vuestros sueños y vuestras vidas. Quedaréis atados a nosotros eternamente. Viviréis para servirnos y nosotros viviremos para vuestro dolor».

Dirchen se quedó callada al leer la última frase. Eran las mismas palabras que resonaron en las cuevas de Archén durante las guerras de la lana, cuando los largos hombres desaparecieron del mundo, entregando sus vidas para invocar al günle.

—Ahora lo veo claro —dijo en voz baja.

—¿El qué, abuela? —preguntó Gorcher.

Dirchen se levantó y quedó mirando a la nada un momento, esperando a que su mente asimilara lo que acababa de descubrir. Entonces dirigió sus ojos a toda la compañía:

—Hace setenta y cinco años, cuando entramos en el oráculo, lo que vimos no fue un sacrificio desesperado. Estábamos ante la culminación de una terrible invocación, con una enorme preparación detrás. Los largos hombres consiguieron completar su hechizo, únicamente les quedaba derramar su sangre y la de su descendencia, entregándose así por completo.

—¿Entregándose a qué, Dirchen? —preguntó Nilche.

—¡Entregándose a los gulkos! Lo llevaban preparando durante mucho tiempo… ellos murieron para resucitarles. Si han vuelto, es por su sacrificio. Los largos hombres se unieron a ellos, les devolvieron a la vida entregándoles las suyas y ahora están a su servicio...

—¿Entonces el günle...? —preguntó dubitativo Aüro.

—Fue obra de los gulkos, para impedir que acabáramos con la fuente de su poder. Así debió ser desde el principio. Si lograron forjar un imperio de tinieblas fue gracias a la magia de las montañas de Archén, y los largos hombres fueron sus aliados desde siempre.

—No lo entiendo. ¿Por qué querrían que algo así dominase la tierra? —preguntó furiosa Lidere—. ¿Qué ganan los largos hombres viendo sus montes reducidos a cenizas?

—El poder, pequeña, un inabarcable poder compartido con esa raza maldita...

Tras darle sepultura a la pequeña, continuamos nuestra travesía por el Chendum. Ninguno de entre nosotros pensó en un primer momento que todo empezaría a encajar tan rápido. En tan solo dos días de marcha, nuestras dudas se habían despejado por completo. Ahora caminábamos más decididos que nunca hacia Archén, pues sabíamos que si el poder de los gulkos nació en las entrañas de esas montañas, solo allí podríamos extinguirlo.

El valle del Ergone

Al fin logramos vislumbrar el río. Las aguas del Chendum entraban en él serena y lentamente, uniéndose al bravo caudal del Ergone. Sus orillas repletas de guijarros eran amplias y llanas, expandiendo el valle enormemente hasta alcanzar las laderas de las montañas, las cuales abrazaban al río en todo su curso. Durante la época de lluvias aumentaba aún más, si cabe, la cantidad de agua que transportaba, creciendo hasta alcanzar grandes altitudes a cada uno de sus lados.

No existía mejor momento del año para adentrarse en estas tierras. Al encontrarnos a finales del otoño, las lluvias habían pasado y aún quedaba para que la nieve convirtiera estos enormes pasos en intransitables senderos.

No obstante, el paisaje seguía siendo el mismo. Troncos secos y agrietados de color grisáceo nos rodeaban. Las laderas de las montañas habían perdido también aquí sus mantos verdes, dando paso a suelos cuarteados y amarillentos. Y en todas partes se percibía ese olor nauseabundo, más intensamente que antes, como si quisiera guiarnos hacia el lugar del que emanaba. Así pues, lo único que encontramos familiar fue la bravura de las aguas de nuestro amado río, siempre rápidas, siempre constantes.

Acostumbrados ya a estas vistas, nuestras mentes podían prestar atención a otras cosas, y volvieron a darse conversaciones entre nosotros. Unas profundas, referidas a lo que vivíamos, su resultado y las posibilidades de victoria o de derrota frente a un enemigo del que desconocíamos su poder. Otras más banales:

—Llevo cagándome desde que dejamos de ver el Chendum —dijo Lidere a Aüro.

—No creo que Nilche haga parar la marcha por eso, amiga —le contestó.

—Si no aguanto más, sí.

—Ja, ja, ja, espérate un poco, está atardeciendo, no creo que falte mucho para que empecemos a montar el campamento.

—Quiero intimidad, Aüro —dijo Lidere frunciendo el ceño—. Cuando éramos pequeños siempre me perseguías y me tirabas piedras mientras hacía mis necesidades.

—Mmmm, qué poco respeto te he tenido siempre…

En ese momento avanzó Gorcher con su caballo y se puso en medio de los dos.

—¿De qué habláis? Quiero enterarme —preguntó el jairo.

—Pues Lidere quiere que le acompañes luego, tiene que hacer algo importante y te necesita —contestó Aüro, controlándose la risa.

—Este chico es tonto —contestó la longarena sonrojada y riéndose.

—Entonces… ¿me necesitas para algo, Lidere? —preguntó Gorcher—.

—No, por ahora no. Pero estate atento por si acaso —le contestó con una sonrisa mientras le miraba.

—¿Sabemos a quién le toca cocinar hoy? —preguntó Aüro preocupado.

—Mmm, creo que a mi abuela, estáis de suerte —contestó Gorcher.

—Dioses, menos mal. Ojalá haga esas empanadas tan ricas de verdolaga y queso —dijo Lidere mientras miraba al cielo con los ojos en blanco.

—Bueno, queso nos queda, pero no creo que encontremos ninguna planta comestible de aquí en adelante —contestó Gorcher.

—Es cierto —exclamó Aüro—. ¿Qué vamos a comer a partir de ahora? Nadie ha pensado en eso.

—O sea, que tú crees que Leirenguil ha organizado un viaje sin pensar en el suministro. Eres un poco tonto —le respondió Lidere.

—Ya van dos veces, Aüro. ¿No vas a ponerle límites? —le preguntó Gorcher sonriendo.

—No, por ahora no. Antes de que vinieras me decía que se estaba cagando desde hace rato y creo que necesitará tranquilidad —respondió Aüro mientras miraba cómo se volvía a sonrojar Lidere.

Nilche frenó su caballo y se volteó hacia sus compañeros. Al verla, todos pararon la marcha y quedaron mirándola.

—Es hora de acampar, empieza a anochecer —exclamó.

—¿Ascendemos a las colinas? —preguntó Gorcher.

—No creo que sea necesario. La orilla es amplia, estamos bien resguardados y no es época de lluvias, así que no hay amenaza de una crecida inesperada del río.

En esos momentos, mientras les escuchaba, Dirchen comenzó a sentir un tenebroso escalofrío más allá del Ergone, que le hizo fijar sus ojos en el curso del agua hasta el final del valle.

—Apartémonos de aquí —exclamó la anciana.

—¿Qué pasa, Dirchen? —preguntó Nilche.

—No me gusta este lugar, algo oscuro se está acercando siguiendo el curso del agua. Apartémonos de aquí ahora.

Al escuchar sus palabras, quedaron mirando a Nilche, quien asintió con la cabeza. Tras esto, los jinetes bajaron de sus monturas y comenzaron a escalar la ladera de la montaña hasta alcanzar un llano a media altura. Desde allí veían el fondo del valle. Se encontraban protegidos de miradas ajenas tras unas grandes rocas al filo del acantilado.

Poco a poco, comenzaron a organizar conjuntamente las tareas a realizar. Para montar las tiendas, lo primero era escoger una zona plana y amplia. En ella se grababan con un palo en el suelo las dimensiones que habría de ocupar. Ninguna tienda era igual a otra; cambiaba con cada nuevo asentamiento. Esto se debía a que los jairos las adaptaban a la cantidad de personas que viajaban y al terreno existente. Para esta expedición solían colocar tres de ellas: una enorme, en donde se reunían y dormían la totalidad de miembros de la compañía, y otras dos, una que utilizaban para guardar las provisiones y otra que tenía la función de arsenal. Por supuesto, ambas quedaban vigiladas durante toda la noche.

Cuando terminaron de montar todas las tiendas, comenzaron a encender el fuego con la madera que Lidere y Nilche habían recogido. Mientras, el resto de compañeros se agrupaba en círculo rodeando la hoguera y esperando ansiosos cocinar algo para cenar.

No obstante, las risas y bromas pararon en seco cuando escucharon golpes de tambores resonando en el valle. Dirchen, que había estado callada durante las últimas horas, se encontraba tras las rocas que daban al precipicio, en cuyo fondo se encontraba el río. Rápidamente, se giró y avanzó hacia sus compañeros.

—¡Apagad el fuego ahora mismo! —exclamó. Lidere y Aüro se levantaron y pisaron la madera recién encendida hasta que solo quedaron brasas. Los tambores cada vez sonaban más fuerte. Dirchen volvió hacia las rocas y quedó mirando fijamente el final del valle, allí donde se perdía el curso del río. Los demás se levantaron y se pusieron junto a ella. Junto al estremecedor eco del resonar de los tambores, se observaban pequeños fuegos que avanzaban hacia ellos. Al cabo de un tiempo, pudieron distinguir antorchas llevadas por figuras que parecían ser humanas. Pero lo más estremecedor de todo era que no parecía tener fin. Los fuegos iban saliendo del fondo del valle sin cesar ni un momento, hasta que pudieron verlo con claridad. Todo el valle del Ergone estaba siendo atravesado por un enorme ejército de gulkos, los cuales marchaban con paso firme hacia el lugar del que venía la compañía.

Todos empezamos a mirarnos con preocupación y temor, pudiendo intuir cuál era el destino de ese ejército.

La llegada al oráculo

No, ya no quedaba tiempo que perder. Archén se encontraba a una jornada de marcha desde nuestra posición, mientras que ese ejército, numeroso y pesado, tardaría días en alcanzar Leirenguil. No podíamos dormir, no debíamos hacerlo. El peligro estaba muy cerca, pero también la posible victoria. Acordamos marchar con nuestras caballerías y armas, dejando las tiendas abandonadas.

Nilche y Dirchen encabezaban el grupo, rápidos pero silenciosos, íbamos bordeando el acantilado que daba al río, observando las luces de las antorchas gulkas. Su extensión no tenía final; por mucho que nos adentrásemos en contra de su dirección, estas no dejaban de aparecer desde el fondo del valle. Sin duda debía de ser obra de una poderosa magia, pues no existía pueblo en Bardia capaz de reclutar tantas almas.

—No soy capaz de centrar mis ojos en otra cosa que no sea el acantilado y las antorchas —confesaba Gorcher a Lidere.

—Céntralos en mí —le contestó ella.

El chico le mostró una pequeña sonrisa y ella se la devolvió. Ambos cabalgaron juntos durante esas horas, mezclando conversaciones tranquilizadoras con las ansiedades del momento, logrando finalmente que las primeras vencieran a las segundas.

Como el refugio es un sentimiento que diferentes almas son capaces de transmitir, mientras Gorcher lo buscaba junto a Lidere, Aüro lo sentía cerca de Dirchen. La anciana montaba alerta, atendiendo a cada movimiento que veía entre las sombras, a cada sonido que percibía en el entorno, pero siempre sin perder de vista la larga hilera de fuegos que adornaban tristemente su amado Ergone. De vez en cuando, se percataba del joven longareno, reconfortándole con tiernas miradas.

Nilche, como era de esperar, sentía en su soledad la calma que necesitaba, deseando alcanzar cuanto antes la entrada a la cueva. Mientras con una mano sujetaba las riendas de su caballo, con la otra empuñaba con fuerza su espada, cerrando el puño cada vez que la idea de la destrucción de su pueblo recorría su mente.

Poco a poco se alejaron del valle, desapareciendo de su vista la horrenda visión que les había acompañado, hasta que al fin alcanzaron la cima de una empinada colina. Allí encontraron un espacio abierto, sin árboles ni obstáculos que dificultaban el paso. Al levantar la vista se podían ver los restos de la gran empalizada que protegió a los Largos hombres en las Guerras de la Lana. Troncos derruidos por el paso del tiempo, enmohecidos y astillados, marcaban la línea defensiva que lograron superar sus abuelos.

—Es aquí —exclamó Dirchen.

—Bajad de los caballos y empuñad las armas —gritó Nilche.

La anciana jaira se puso en el centro de sus compañeros y descabalgó la primera, dispuesta a avisarles:

—En lo profundo de la cueva se encuentra un manantial de agua, cristalina y pura, que atrae la vista de quien la contempla. Es esta la única arma real que tenemos contra ese demonio —dijo mientras volvía su vista hacia Nilche—. De nada servirán tus veloces flechas aquí. Solamente esas aguas apagarán por completo la vida de esa criatura maldita —ahora seguidme.

Ante la llamada de Dirchen, todos entraron a la caverna. De repente, un aire perfumado y dulce empezó a dejarse sentir en el ambiente, transportando a los guerreros a estados de calma y placer. Poco a poco, la inestabilidad de sus almas iba tornándose en un equilibrio cada vez mayor, disociándose de la triste realidad que les rodeaba.

Mientras Lidere, Aüro y los otros se maravillaban, intercambiándose miradas de asombro y confusión ante sensaciones completamente nuevas para ellos, Dirchen seguía avanzando sin perder de vista el fondo de la cueva. Para ella, este sitio no tenía nada de novedoso, ni de agradable. La magia no podía confundir a quien presenció tanta muerte y dolor en ese lugar. En cada bocanada de aire que hacía, le volvía a la mente aquel sangriento día en el que se libró la Batalla de las Estacas.

—No os distraigáis —exclamó la anciana.

—¿Cómo de profunda es esta cueva abuela? —preguntó Gorcher.

—Tiene un inicio, pero no un final, al menos no se ha conocido ninguno. La sala que buscamos no está muy lejos, pero hay más pasadizos. Grutas que conectan con otras partes de nuestro mundo y de otros. No os aventuréis por ellos, no sabréis volver, ni yo buscaros.

—¡Por allí compañeros! —gritó Lidere.

La joven señaló a un estrecho sendero en el que se apreciaba un pequeño arroyo de agua.

—Sí, bien visto, Lidere, si lo seguimos encontraremos el manantial —respondió Dirchen.

—¿Cómo lo hacemos entonces? —preguntó Aüro.

—Veréis, la sala que custodia el Gunlë se encuentra por ese otro paso —contestó Dirchen mientras señalaba con su dedo—. Hemos de liberar el agua que emana del manantial y dirigirla hasta la sala para apagar al demonio.

—Mmmm… ¿Y eso cómo se hace, abuela? —preguntó Gorcher.

—Visto lo visto, habremos de levantar dos pequeños muros a cada lado, para que el agua circule entre ellos hasta llegar a la sala, inundándola poco a poco. El Gunlë no puede salir de ella, por lo que morirá ahogado sin poder hacer nada, y nosotros no tendremos por qué sufrir ninguna pérdida.

—Así que una acequia va a salvar nuestro mundo —dijo Aüro.

—Vamos entonces —exclamó Nilche.

Rápidamente, la encargada del viaje organizó tres grupos. Mientras unos se ocupaban de vigilar, otros recogían piedras de las proximidades para levantar los laterales del canal. El resto mezclaba tierra y agua para fabricar la argamasa.

Cuando terminaron, comenzaron a alzar las paredes, que alcanzaron medio metro de altura a cada lado. En poco rato lograron unir el pasadizo del manantial con la entrada a la sala. Lentamente, el choque de las gotas con el suelo de la sala retumbó en la caverna, pero este no era el único sonido que podía escucharse. Lidere, Gorcher y Dirchen se asomaron a la entrada de la sala y pudieron distinguir pequeños destellos, rojizos y llameantes.

—¿Es eso? —preguntaba agachada la joven longarena mientras alzaba la vista hacia Dirchen.

—Sí, cariño, es eso. Ha seguido vigilando todo este tiempo. No tenemos necesidad de entrar ahí, no hasta que hayamos matado a esta bestia.

—Creo que así tardaremos semanas Dirchen, sino meses en que el agua logre si quiera alcanzar sus pies —dijo Aüro.

—No tenemos semanas —contestó Lidere.

—Ni las tenemos, ni es la idea esperar —explicaba la anciana jaira—. Seguidme.

Mientras el resto de la compañía quedaba vigilando la entrada, los tres entraron en el canal y avanzaron siguiendo el curso del arroyo, con la antorcha de Lidere como única luz. El pasadizo, angosto al comienzo, se expandía cada vez más, permitiendo a nuestros compañeros caminar uno junto al otro.

Tras casi media hora de camino, Dirchen frenó en seco, agarrando a sus compañeros de los brazos y señalando después al suelo. Este, plano hasta ese punto, se convertía ahora en una pronunciada rampa que avanzaba cuesta abajo. Aüro y Lidere se sorprendían, al no entender como el agua podía subir por una cuesta, en contra de su dirección natural. Dirchen, en cambio, sabía que en esas cavernas, las leyes que regían el mundo exterior se trastocaban.

Comenzaron a bajar, encabezando Lidere la marcha, con el único sonido del correr del agua en el ambiente, hasta que de pronto, al voltear una esquina, se paró, retrocediendo hacia atrás.

—Están ahí —exclamó la joven en voz baja.

Al asomarse, Dirchen y Aüro distinguieron cuatro figuras humanas, iluminadas por varias antorchas. Parecía que interactuaban entre ellos, riendo y golpeándose mutuamente. Dirchen les miró fijamente a ambos y, sin pronunciar palabra, desenfundó su arma, gesto que imitaron los dos jóvenes. Mientras la anciana observaba a los gulkos, cargó una gran flecha que disparó con fuerza, atravesando el cráneo de uno de ellos. Los tres restantes miraron a su compañero caído y corrieron hacia ellos con sus garrotes de hueso en alto, produciendo desagradables sonidos, chillidos que recordaban a los animales durante su matanza. Lidere y Aüro se avalanzaron sobre ellos, estrellando sus espadas longarenas contra las cabezas de las bestias. Mientras su espada se encontraba incrustada en uno de ellos, Lidere pegó una patada al restante, que retrocedió hacia atrás, huyendo en la otra dirección.

Nuestros compañeros limpiaron la sangre de sus armas y se miraron satisfechos.

—No pensé que fuera tan fácil acabar con ellos —dijo Aüro.

—Y su cráneo es muy blando, apenas me ha costado atravesarlo —exclamó Lidere mientras sus dedos tocaban la sangre que quedaba impregnada en su espada.

—Estas criaturas no son capaces de grandes cosas si están aisladas de sus iguales —contestaba la anciana—. Es en su número en donde reside el peligro. Ahora rápido, habrá muchos más aquí, y pronto estarán avisados de nuestra presencia.

Aviso enemigo

De lo que les ocurría a nuestros tres compañeros en aquella profunda gruta, nada se escuchaba en la entrada de las cavernas. El resto del grupo quedaba a la espera. Unos andaban en círculos, otros conversaban sentados en el frío suelo y otros salían al exterior, sintiéndose abrumados por las sensaciones que atravesaban sus cuerpos en el interior de la cueva.

Fue en una de estas salidas cuando uno de los hombres jairos cerró los ojos e inhalando profundamente, cortó en seco la respiración. De pronto, miró hacia abajo y vio una flecha, amarillenta y sucia, clavada en su pecho. Al levantar la vista, aún le quedaba vida para observar un regimiento de gulkos que se apostaba delante de ellos y, antes de exhalar su último aliento, mientras caía de rodillas, gritó con fuerza a sus hermanos del interior: «¡Chendi!».

Nombrar el estanque sagrado de los jairos, el que dio origen a la vida, es costumbre entre este pueblo antes de emprender grandes hazañas, como lo es la muerte, por lo que bastó esta palabra para que todos en el interior supieran que algo estaba pasando. Rápidamente, Nilche se levantó de un salto y empezó a bloquear la entrada con las grandes piedras de las paredes de la cueva, gesto que todos sus compañeros imitaron.

Los guerreros gulkos tardarían al menos veinte minutos en llegar hasta su posición. No había tiempo que perder.

Con gran esfuerzo lograron levantar una improvisada barricada, formada por grandes rocas y maderas astilladas que apuntaban hacia la entrada a modo de estacas. Los jairos clavaron sus flechas en el suelo de la cueva, dispuestos con sus arcos a matar todo ser que avistasen sus ojos. Los longarenos por su parte, nos escondimos junto a la barricada, agachados y con las espadas curvas desenvainadas, listos para atacar en el momento preciso. Ahora tan solo quedaba esperar.

Cada segundo que pasaba, hacía aumentar las pulsaciones de Gorcher, que sujetaba temblando el arco con su mano. Nilche le miró y agarró con firmeza el brazo de su compañero.

—Ahora no puedes fallar, hermano —le dijo firmemente Nilche—. Todo está en juego. También la vida de Lidere.

Al pronunciar su nombre, el miedo fue dejando paso a la rabia y la fuerza en el corazón del muchacho. Debían parar allí a los gulkos; de lo contrario, todos morirían, también ella.

Tras unos minutos, los gritos se escuchaban a una distancia tan corta que los jairos comenzaron a lanzar sus flechas a la oscuridad, recargando rápidamente sus arcos tras cada disparo. De pronto, rostros putrefactos y ensangrentados se desplomaban en el suelo, dejando paso a otros tantos que avanzaban enérgicamente hacia la compañía. Los jairos golpeaban su pie izquierdo en el suelo mientras seguían disparando; era la señal que indicaba a los longarenos el momento de atacar. Levantaron sus espadas hacia arriba, atravesando a los gulkos que intentaban traspasar la barricada. De esta manera, los arqueros en la retaguardia eran protegidos por los espadachines y, mientras los primeros diezmaban a la tropa enemiga, los segundos detenían su embestida.

Casi dos horas después, el sangriento encuentro había finalizado. Decenas de gulkos yacían esparcidos delante del muro y solo unos pocos habían logrado traspasar las espadas longarenas, solo para encontrarse cuerpo a cuerpo con los arqueros jairos, quienes habían logrado eliminar hasta el último de ellos. Al terminar, la imagen era desoladora. La compañía entera se sentó apoyada en las paredes de la cueva, fatigados, temblorosos y cansados. Cuatro de los nuestros habían muerto y dos estaban gravemente heridos.

—Volverán —exclamó uno de ellos—. Estoy seguro. Al ver que no podían atravesar nuestras defensas, se han replegado para avisar a los otros.

—Que vuelvan —contestó Nilche—. Seguirán estampándose en nuestro muro. No podemos dejar que entren.

—Hermana, estamos agotados, no resistiremos otra embestida como esta —respondió otro.

—Alcemos el muro un poco más —dijo Nilche mientras miraba esa pequeña barricada—. Los que podáis levantaros, ayudadme.

Tras una hora de trabajo conjunto, logramos doblar la altura de la muralla, dejando asomar únicamente nuestras cabezas tras esta. Reunimos después los cuerpos de nuestros muertos y, tras un breve ritual de despedida, los dejamos caer por una especie de pozo en la esquina de la cueva. Ninguno de esos cuerpos sonó al ser arrojados por el agujero. Este parecía no tener fin y, de hecho, así era.

Tal y como contaba Dirchen, en Archén existían pasadizos, canales que unían lugares con otros. Pero estos no eran seguros. La magia es una fuerza más, como lo es el calor o el viento. En ocasiones, este último se encuentra con tanta energía que puede derribar una aldea entera; en otras, es una leve brisa que mece suavemente las hojas de un árbol. De esta manera, cuando la magia cuenta con energía, logra hacer traspasar objetos, animales o personas de un mundo a otro. Pero si, habiendo cruzado, se intentara volver y la magia fuera débil, el portal se cerraría, en el mejor de los casos. Impedía a los viajeros volver a su hogar durante unas horas, unos años o unos siglos.

La inestabilidad de esta fuerza es precisamente lo que la convierte en peligrosa. Conocer su naturaleza es comprender uno de los muchos saberes del mundo, pero ni es imprescindible comprenderla, ni deseable. Los jairos entendieron desde el principio que no podían contar demasiado con la magia, ni como aliada ni como enemiga. Algo que no podemos regular a voluntad, simplemente existe a nuestro alrededor, de nuevo, como el viento, del que todos nos protegemos con abrigos en nuestros cuerpos y paredes en nuestras casas, pero del que nadie esperaría alcanzar a dominar. Así pues, la magia, al igual que el viento, ni nace, ni muere ni se puede controlar.

La fuente viva

La anciana y los dos jóvenes habían continuado avanzando por un pasillo que parecía infinito. Sus mentes y cuerpos estaban agotados, pero no habían vuelto a ver a otro gulko por allí. No obstante, conforme más avanzaban, el agua se tornaba más y más azul, adquiriendo un color intenso y brillante.

—No debe estar lejos —exclamó Dirchen.

Y en efecto, no lo estaba. Al voltear una esquina, se toparon con un lugar de ensueño, uno que muy pocos humanos habían llegado a contemplar siquiera una vez en su vida. Una amplia y alta estancia se encontraba ante ellos, sustentada con finas columnas turquesas, labradas en bellísimos motivos geométricos que se entrelazaban de arriba hacia abajo por todo su fuste.

Allí había vida. Pequeños árboles crecían por toda la sala con frutos que no habían visto antes. Estos eran lisos y resplandecientes. De forma ovalada y de los más diversos colores. Los había naranjas, verdes, azules y otros que eran incapaces de identificar, pues no existían en la superficie. Bajo ellos nacían plantas de extrañas hojas alargadas; al tocarlas, se replegaban sobre sí mismas.

Encontraron también animales, todos ellos pequeños, adaptados a su limitado espacio vital. Los que más abundaban eran una especie de ratones de campo, de un largo pelo rosado. También había pajarillos de múltiples colores, con un enorme pico en comparación con su cuerpo, que les caía hasta las patas y por el que emitían un trino débil, pero encantador.

En este lugar, se había formado un auténtico ecosistema, con nubes sobre sus cabezas que auguraban lluvias próximas. La luz, tenue, pero suficiente para iluminar todo el espacio, provenía del otro extremo de la sala. Allí, en la rocosa pared de color grisáceo, se encontraba el manantial. Un agujero recubierto todo él por un manto verde. El agua que emanaba era casi viscosa, de un azul turquesa intenso, e invitaba a probarla con los sentidos: tocarla, olerla, degustarla. Tan solo mirarla no era suficiente.

Aüro se acercó a la fuente e inclinó la cabeza mientras aproximaba sus labios al agua con intención de beberla.

—¡Para, estúpido! —gritó Dirchen al golpear con su flecha en la cara del joven—. Para y mira a tu alrededor. ¿Crees que esto forma parte de nuestro mundo? ¿Dónde has visto pájaros así?

Aüro se alzó asustado mientras sus ojos observaban la sala.

—¿Y esas plantas que se mueven a voluntad? —continuó la anciana—. Ese agua contiene elementos ajenos a nuestra naturaleza. Solo los dioses saben qué cambios haría en tu cuerpo si la bebieras.

—Es que eres tonto —dijo Lidere mientras miraba seriamente a su amigo.

—Vale, vale, solo quería probarla —les respondió Aüro.

—¿Cómo reventamos esto, Dirchen? —preguntó la joven.

—A golpe de fuerza.

Lidere metió la mano bajo su camisa y sacó una pequeña hachuela. Apoyó su mano izquierda en la pared y con la derecha comenzó a atizar con la culata la apertura del agujero.

Poco a poco, la roca se iba descascarillando y el agua comenzaba a salir a más velocidad, hasta que, tras varios golpes, la pared cedió.

Una enorme avalancha de agua tumbó a nuestros tres compañeros al suelo. Dirchen agarró con sus manos a los dos y se dejó arrastrar por la corriente hasta que su espalda topó con una columna. Se levantaron intentando luchar contra la fuerza del agua y lograron subir hasta una ligera elevación. Los animalillos de ese pequeño mundo habían logrado alcanzar también el lugar y todos quedaron agrupados en la pequeña colina.

Tras unos minutos, la fuerza de la corriente se rebajó y el curso del arroyo se estabilizó, pasando de un fino hilo de agua a un caudaloso riachuelo.

—¡Mirad! —gritó Lidere mientras señalaba al extremo de la sala.

Cuando sus compañeros se giraron, vieron cómo el agua quedaba enturbiada alrededor de un frondoso árbol cuyas ramas llegaban hasta el suelo. Este se retorció hasta dejar ver la cara del gulko huido.

—Debió de haberse escondido ahí, y el árbol lo habrá asfixiado —exclamó Dirchen.

—Vámonos de este lugar, nos estarán esperando en la entrada —pronunció Lidere.

Los tres bajaron rápidamente del pequeño montículo y entraron de nuevo en el pasadizo. Su trabajo había terminado y sus compañeros estarían esperándolos en la entrada.

Ya habían transcurrido varias horas desde que la compañía penetrara en Archén. Y aunque ninguno lo expresó, todos nos sentíamos distintos. Lo que al principio percibíamos como algo novedoso, sensaciones de calma y apaciguamiento que atravesaban nuestro cuerpo, se había tornado en una bola de angustia, desazón y aturdimiento, que crecía muy lentamente en nuestros estómagos. Fue ahí cuando los longarenos empezamos mínimamente a entender a nuestros hermanos jairos.

Ese horrible sentimiento que debió infundirnos esa magia era el mismo que sentían ellos desde el principio. Su conexión con el mundo y con el orden natural debía de ser ciertamente mucho mayor que la nuestra, pues nosotros tuvimos que acercarnos al propio origen del mal para poder percibirlo. Desconozco con cuánta intensidad debieron de sentirlo ellos en esos mismos momentos. Nunca se lo pregunté a ninguno.

Reencuentro en la caverna

A pesar de su avanzada edad, Dirchen encabezaba la marcha por el largo pasillo. No tardaron demasiado en atravesar los oscuros túneles y poco antes de que la antorcha se apagara, consiguieron alcanzar a sus compañeros.

—¡Lo conseguisteis! —gritó Gorcher al verles llegar.

Los tres miraron hacia el canal y observaron como el curso de agua había crecido potentemente. El arroyo entraba a la sala en grandes cantidades, había alcanzado un metro de altura y el sonido del caer del agua se entremezclaba con alaridos de angustia y rabia. El fuego del gunlë se estaba apagando y no quedaría mucho hasta su muerte.

—Pero ¿qué ha pasado? —exclamó Lidere al verles ensangrentados.

—Una partida de gulkos ha intentado entrar, pero no les hemos dejado —contestó orgullosa Nilche.

—No creo que solo lo intenten una vez —dijo Dirchen—, pero aún no podemos irnos, el demonio tiene que morir y la sala debe de ser purificada.

—¿Cuando muera el gunlë... —preguntaba dudoso Aüro.

—Cuando él muera, entraremos nosotros y desharemos el conjuro —contestó la anciana.

—Pero llena de agua, ¿cómo podemos entrar? Y una vez dentro, ¿qué se debe hacer?

—No te preocupes, pequeño, es mucho más fácil de lo que piensas.

Confiando plenamente en la experiencia de la anciana jaira, nadie preguntó nada más, daban ese tema por seguro. Sus mentes estaban dirigidas a la entrada de la cueva, a la posibilidad de que volviera un ejército mayor y de que fueran incapaces de pararle.

Los minutos pasaron, convirtiéndose en horas. La pobre luz que pudiera haber en el exterior no llegaba hasta ellos, y habían perdido la noción del tiempo. Aunque realmente tampoco importaba mucho. La vida en ese momento se regía por la cantidad de agua que faltaba para inundar la sala y no por la sucesión del día y la noche.

En una esquina de la estancia, con las espaldas apoyadas en la roca, se sentaron juntos Gorcher y Lidere. El chico observaba cómo la joven afilaba su espada concentrada y se sintió seguro. En ese momento recordaba una de las enseñanzas de su abuela. Ella siempre dijo que la magia, por muy poderosa que sea, no puede tumbar los sentimientos puros; trastocarlos puede ser, pero nunca superarlos.

—Cuando esto acabe, tú y yo estaremos juntos —dijo el chico mientras miraba a Lidere fijamente.

—Siento que lo hemos estado todo el viaje —le contestó Lidere mientras sonreía.

Ambos se abrazaron y, mientras se apretaban con fuerza, derramaban algunas lágrimas, acumuladas durante todo el trayecto y ahora liberadas tras un momento de paz y confianza. Esta hermosa energía que habían creado los dos se truncó súbitamente al escuchar sonidos provenientes de la entrada. Ambos se miraron fijamente y corrieron hacia la barricada junto a sus compañeros. Ante el grito de guerra de Nilche, todos se colocaron en sus puestos. Los jairos cargaban sus flechas mientras los longarenos desenfundaban sus curvas espadas. Si este ataque les superaba, al menos derramarían tanta sangre como pudieran.

Y como si todo volviera a repetirse en un ciclo infernal, los jairos dispararon a la oscuridad al sentir cerca los gritos. Pero esta vez no aparecieron cuerpos gulkos en el suelo, sino los caballos que les habían traído hasta Archén y que habían quedado fuera. La rabia consumió a nuestros hermanos jairos y a punto estuvieron de saltar el muro de piedra para socorrerles, pero conseguimos sujetarlos.

Los gulkos habían conseguido el efecto buscado, pues mientras calmábamos a nuestros arqueros, comenzaron a aparecer ante nosotros, saltando varios de ellos la barricada.

Rápidamente logramos centrarnos en el ataque y repelerlos. Mientras atravesábamos sus cabezas con nuestras espadas por encima del muro, las flechas volaban hacia ellos.

No obstante, esta embestida fue muy distinta. Estos seres aparecían una y otra vez en tropel. Usaron tácticas nuevas, acercándose y retrocediendo, lanzando piedras desde la oscuridad que acabaron por asestar un golpe mortal a uno de los nuestros.

Tras largas horas de desgaste, los cuerpos temblaban del cansancio, pero no podíamos descansar, ni siquiera apoyarnos en las paredes; los gulkos nos obligaban a estar siempre luchando. Llegó un momento en que nuestra sangre se mezclaba con nuestras lágrimas y, cuando ya no podíamos más, asestaron el último golpe.

Una masa enorme de ellos se aproximaba sin cesar, no cabiendo entre uno y otro ninguno más. Sus pechos chocaban con las espaldas de los que tenían delante, empujándose hasta casi caer. En mitad del fragor de la batalla, la mayor parte de nuestros compañeros jairos agotaron sus últimas flechas, lanzándose al muro junto a nosotros. A golpe de espada y piedra, sus cuerpos se amontonaron tras la barricada, hasta que llegó el punto en el que se formó una rampa de cadáveres que permitió a los gulkos superar nuestro muro. Fue entonces cuando el combate alcanzó su máxima crudeza. Luchábamos sin organización, cuerpo a cuerpo. Otros tantos murieron en aquel último combate de Archén, en total siete más de los nuestros abandonaron este mundo, quedando únicamente seis miembros en la compañía. Aüro fue uno de los que más perdió, pues su pierna quedó tan destrozada por los numerosos golpes de mazas gulkas, que no pudo salvarse.

Como todo infierno tiene un tiempo limitado, este acabó también. La victoria volvía a ser nuestra, pero ¿a qué coste? De todos los que partimos de Leirenguil, más de la mitad jamás volverían. Y el resto no tendríamos vida suficiente para sanar lo vivido en esos días. Desde luego, aquel viaje fue un punto y aparte en mi paso por este mundo, y sinceramente, creo que hubiera sido mejor persona de no haber ido jamás a Archén.

En nuestra historia, siempre se ha tendido a enaltecer las hazañas de guerra, mirándolas a través de un prisma de orgullo y aspiración. Si supieran lo que estas provocan en la felicidad de las gentes que lo viven, se darían muerte a sí mismos antes que acudir a ellas.

A pesar de todo, el triunfo era nuestro. El enemigo no había logrado acabar con esta pequeña compañía y el oráculo quedaba a nuestras espaldas; todo estaba a nuestro alcance para poder dar fin al horror. Así que, con las fuerzas que nos quedaban, caminamos hasta la entrada de la gran sala, casi toda cubierta de agua y sin ningún fuego a la vista, sin más sonido que el correr del agua hacia ella. Aún temblando, nos miramos sonriendo, convencidos de haber vivido el final de nuestras desgracias, pero no fue así…

—Os amo con toda mi alma —dijo Dirchen mientras sus ojos llenos de lágrimas se empequeñecían.

—Y nosotros a ti, Dirchen —contestó Lidere sonriendo.

—Esta será la última vez que os vea… —continuó la anciana.

—¿Qué dices, abuela? ¿Te encuentras mal? ¿Es que estás herida? —exclamó Gorcher preocupado y enfurecido.

—No, cariño, pero… ¿cómo pensáis que se puede poner fin a una magia que ha sido invocada con la muerte, si no es con muerte? —respondía Dirchen mientras reía con una desoladora calma.

Todos se miraron desconcertados y sin saber qué decir.

—Pero, esto… ¿Esto lo tenías pensado ya? —replicó Gorcher mientras lloraba y zarandeaba a su abuela con fuerza.

—Desde el primer momento, niño. Y no os habría acompañado de no haber estado segura.

—Hay otra forma, Dirchen, estoy segura —decía Lidere desesperada.

—Un animal, demos, demos la vida de uno de los ratones de la sala que vimos —decía Aüro.

—Si la ofrenda que se hizo fue voluntaria, la ofrenda para deshacerlo también ha de serlo. Esto funciona así, con esta aplastante simpleza. No hay más. Y sabéis que no hay otra opción —cortó tajante la anciana.

Mientras el resto quedaba sin saber qué responder, Gorcher se dio la vuelta y empezó a golpear las paredes con su mano, ensangrentándose los nudillos. Lidere fue e intentó sujetarle, le sostenía la cabeza con las manos intentando que fijara su atención en ella. Dirchen sonreía al ver que su nieto quedaría con la mejor compañía posible, y cuando todos estaban aún en estado de desconcierto, aprovechó para caminar hacia la sala, desenfundar su puñal y rasgarse el cuello, dejándose caer.

Por más que intentaban sujetarla, no pudieron. El agua tomó su cuerpo con una fuerza desorbitada.

Traspasando las leyes naturales que harían que se mezclase con el agua, su sangre actuaba con vida propia, esparciéndose por las paredes y hacia los techos y suelos, impregnándolos. Ante el asombro de todos, esta se volvía de un rojo cada vez más intenso, hasta que comenzó a arder.

Las columnas empezaron a temblar y la caverna entera se agitaba.

—¡Vámonos! —gritó Nilche.

Y todos corrimos hacia la entrada, escalando el muro lo más rápido que pudimos, deseando abandonar aquel horrible lugar y que todo lo que allí hubiera pasado permaneciera allí, como si de un horrible sueño se tratase. Pero al salir de la cueva y sentir el sol de nuevo, no fue así. Nos caímos al suelo, agotados, con la respiración agitada y sin poder hacer nada más que permanecer quietos mirando al infinito. Unos rompiendo a llorar, otros gritando y otros ahogándose en su propia ansiedad.

Sé que Gorcher deseó morirse durante muchos días después de aquello y que Lidere, incapaz de poder ayudarle, solo pudo llorar a su lado.

Aüro estuvo más serio que nunca, y lejos de ser algo momentáneo, se volvió permanente, como si buena parte de su alegría infantil y pura hubiera desaparecido para siempre.

Nilche, aunque destrozada, se mantuvo callada durante el viaje de regreso y no vi que derramara una sola lágrima delante de nosotros.

Y yo, cansado de tanto luchar, me dejé inundar por las más tristes emociones, por los más desoladores pensamientos intrusivos. Acompañando a mis amigos en su duelo, viajamos, comimos y dormimos juntos, sin nada que decir en la mayor parte del tiempo, pero con un resquicio de luz en todos nuestros corazones.

Y es que, a pesar de todo, el horror de los gulkos había tocado a su fin. Con el tiempo, pensaba, todo esto no sería más que páginas escritas en un viejo libro. Y quizás, cuando alguien las leyera, dentro de muchos años, sentiría empatía hacia nosotros y sus ojos podrían incluso llegar a humedecerse por el sufrimiento de gente que no conocía, aun sin saber realmente si alguna vez existió un lugar llamado Archén.

Índice